2021

A Princesa dos Arcanjos

Romance

Abdenal Carvalho

A Princesa dos Arcanjos

Belém do Pará / Brasil

2021

SUMÁRIO

Prologo

Fui dada como morta durante a batalha travada contra PETROVIC e seu exército criminoso, deixando a minha melhor amiga o legado de jamais desistir de uma conquista, mesmo que isso implique em ter que sair de cena muitas das vezes. Meu corpo nunca foi encontrado, mas não colocou em dúvida a ideia de ter sido eliminada.

Afinal, com tantas explosões ocorridas durante o combate pensava-se que meu corpo tivesse sido explodido sem que o menor vestígio de minha existência pudesse ser encontrado no local. Enquanto todos seguiam tranquilamente suas rotinas somente Sophia sabia sobre meu importante segredo, onde me encontrava e o que fazia.

Agora, transformada numa defensora do bem e não do mal me uni a Miguel juntamente com seus milhares de Arcanjos e partimos mundo a fora para destruir os exércitos de PETROVIC, onde quer que houvesse um só de seus liderados nós o transformávamos em pó e cinzas. Agíamos em secreto, no invisível, sem que ninguém pudesse nos ver a olho nu.

Eu já não era um ser mortal, mas sofri a transladação da carne para o espírito sem passar pela morte física, como ocorreu com Enoque e o profeta Elias citados nas Escrituras. Me tornei uma semideusa, uma heroína, uma joia de Deus. Depois de muitas lutas travadas contra as legiões do mal que destruíam a vida dos inocentes na terra era chegada a hora de descer

Ir para as profundezas da terra para o duelo final contra satanás e seus demônios, eles haviam se reunido, traçado planos, reforçado suas defesas, nos aguardavam ansiosos para mais uma batalha onde aconteceria o bem e o mal traçariam seu último duelo. Miguel e seus Arcanjos bateram asas em direção ao reino das trevas.

Eu os acompanhei montada sobre as asas do príncipe de Deus, invadimos os portões do inferno, passamos por cima de seus vigias, reduzimos a cinzas suas fracas defesas, visitamos cada parte daquele antro maldito, removemos portões de ferro, derretemos seus cadeados de bronze, libertamos muitas almas encarceradas que clamavam pela liberdade.

Tudo mediante nos certificarmos de seu total arrependimento e o desejo sincero de querer o amor de Deus, como nos foi determinado por Cristo. Satanás arregimentou seus melhores demônios e veio confrontar-nos, mas para sua decepção fomos mais poderosos, valentes, combatendo melhor a cada luta. Aquele foi o princípio do fim, onde Arcanjos e demônios mediriam suas forças, onde somente um dos dois lados sairiam vencedores.

Primeiro Capítulo: De Volta ao Começo

Após ser trasladada, perdendo minha forma humana e tendo sido restaurados os meus poderes sobrenaturais que no passado usei para me tornar a Rainha do Mal, fui iluminada por Miguel que me permitiu segui-lo na batalha que seria travada no interior da terra onde habitava satanás com seu exército de demônios.

Não obstante eu tivesse convivido por dois séculos a seu lado, ocupando a posição privilegiada de sua esposa, comandando aquele reino feito de trevas infindáveis nada guardei no meu íntimo que me fizesse sentir qualquer sentimento de afeto por ele ou seu reino, igualmente aos demais guerreiros celestiais trazia comigo apenas o desejo de destruí-lo.

Desde que deixou as mansões celestiais e passou a habitar nas partes mais inferiores da terra, onde criou seu império meio a escuridão, o Diabo tem se dedicado exclusivamente a perseguir, matar, roubar, destruir e atormentar a raça humana por considera-la sua pior inimiga. Seu ´ódio pela coroa da Criação de Deus é incomparável. Os seres humanos foram criados e colocados no Jardim do Éden onde antes servia de habitação para o antigo Querubim Ungido e seus liderados, desde que estes foram expulsos do paraíso devido a rebeldia que lhes levou a conspirar contra Todo Poderoso

Portanto, como principal inimigo de Deus, perseguidor de sua mais excelente obra na terra satanás foi sentenciado à destruição juntamente com todo os seus exércitos de demônios, após recebermos sinal verde para invadir as trevas e ali colocarmos fim a seu reinado de horror e tormentos o que dizemos imediatamente. Acompanhada por Miguel, o príncipe dos Arcanjos.

Segui em direção ao meu antigo lar onde na companhia do Maligno levei tantas almas a pecar condenando-as a uma vida eterna de condenação e morte espiritual, como a Rainha do Mal, sedutora dos seres humanos, mãe das prostitutas. Infelizmente em outras encarnações levei muitos àquele cativeiro. Ali chegando deparamos com um número incontável de demônios armados até os dentes à nossa espera,

A luta foi travada entre os filhos da luz e os da escuridão, nossas espadas soltavam faíscas de fogo ao entrarem em contato com o corpo dos monstros, eles caiam aos nossos pés como moscas enquanto avançávamos ao centro da terra. Nenhum deles parecia ser páreo para nos enfrentar em combate apesar de serem seres extremamente poderosos, a força e o poder típicos dos guerreiros de Deus estava em mim e isso me dava maior vantagem sobre eles.

Em apenas algumas horas centenas de anjos do mal foram exterminados — ou pelo menos vencidos — reduzindo bastante em número. Miguel liderava o ataque e nós o seguíamos por onde quer que fosse, pois confiávamos na sua estratégia de ataque aos servos de satã que ao ver seus exércitos vencidos decidiu abrir as portas das cavernas onde viviam encarcerados os seus piores demônios, dando a BELZEBU a oportunidade de uma revanche contra nós.

Ao ver que ele e seu exército foram libertados o príncipe dos Arcanjos nos convocou a unir nossas forças, multiplicando o poder divino que a nós foi dado pelo Altíssimo a fim de que pudéssemos exterminá-los de uma só vez. Um grupo formado por dezenas de Arcanjos uniram as mãos e com eles eu também compartilhei todo o meu poder, permitindo que um forte raio saísse de nós em direção aos adversários.

A rajada de poder que foi lançada em direção aos demônios foi tão grande que eles se dissiparam no ar como uma simples fumaça negra com odor de enxofre que se espalhou por todo o reino das trevas, levando o Demo a ficar vermelho de raiva contra os enviados de Deus. Apesar da derrota e de nossa atual vitória eles pareciam se multiplicar, saindo de todos os lados para nos combater aqueles demônios não desistiam fácil.

Porém, como verdadeiros soldados do pai Celestial nós também nos mostrávamos incansáveis na batalha contra o mal, combatendo as forças do mal que resistiam ao nosso ataque como podiam. Anjos da luz combatiam seus antigos irmãos que devido a rebeldia contra aquele que os criou caíram em desgraça, sendo condenados a uma permanente existência num mundo sombrio de extrema escuridão, escravos das trevas e de satanás a quem escolheram servir.

Dava para perceber no semblante de Miguel sua tristeza ao ver a maneira deplorável em que se encontravam seus irmãos depois da queda, os mesmos que outrora louvavam a Deus no paraíso, recebendo a honra de guardar o jardim criado para a glória do Altíssimo. Certamente lhe doía no peito ver a triste situação em eles se encontravam e o fato de ter que destruí-los, mas fazer o quê se havia sido uma escolha deles viverem daquela maneira. Essa é a recompensa dos rebeldes, permanecerem cativos na escuridão.

A luta travada no reino de satanás durou apenas algumas horas no relógio espiritual, porém no mundo dos vivos significavam dias, semanas até. Enquanto combatíamos os filhos do maligno os seres humanos sentiam tremores de terra, vulcões entraram em erupção, o ódio aumentou no coração do homem, ocorreram guerras em várias partes do mundo, as águas dos mares e rios transbordaram, surgiram cataclismas, enchentes.

Temporais, terremotos, ciclones, tempestades que destruíram a terça parte dos seres vivos nos quatro cantos do planeta. A ciência como sempre colocava na natureza a culpa de todas estas catástrofes, no entanto tudo aquilo era o saldo da guerra entre os deuses do bem e do mal. Por fim, cansado de apenas assistir a destruição de seus exércitos demoníacos o próprio rei das trevas decidiu entrar em combate.

Indo de encontro ao mais poderoso dos filhos de Deus. Derrotados, os seus súditos recuaram dando lugar a batalha final entre ele e Miguel, nosso líder, ali seria definido quem de fato seria o vencedor naquela guerra entre deuses, pois eram os mais poderosos no campo de batalha. Eu permanecia ao lado dos Arcanjos numa parte e os demônios noutra, assistindo tudo bem de perto como testemunha ocular de um momento único no mundo dos mortos.

Nas cadeias existentes ali milhares de almas perdidas a tudo ouviam, muitos gemiam agonizando a dor de estarem acorrentados, subjugados, torturados ou mantidos como animais em seus cativeiros. Todas elas foram tentadas à prática do pecado enquanto habitaram na superfície da terra, cedendo a tentação na qual foram submetidos, aquilo me entristecia o coração por saber que eu fui responsável pela condenação de grande parte delas ao atuar como incentivadora da imoralidade.

Claro que ainda havia uma chance de restauração reservada para cada uma delas, pois a ordem dada pelo Pai das Luzes a Miguel era que após vencermos os demônios e aprisionar satanás nas masmorras do inferno por mil anos deveríamos anunciar a salvação por meio do nome de Cristo aos cativos das trevas.

Todos os que demonstrassem interesse seriam salvos, assim se fez, elas foram evangelizadas e salvas. Depois do duelo entre o Tentador e o príncipe dos guerreiros de Deus, após consolidada a vitória de Miguel sobre o maldito todas as almas que foram evangelizadas por nós e se curvaram diante do nome do Messias foram perdoadas de suas iniquidades.

Restauradas, libertas das amarras e subiram juntamente conosco para a glória celeste. Antes, porém, aprisionamos satanás e seus demônios nas cadeias do HADES. Ali, também, permaneceram todos os que se recusaram a aceitar Cristo como Salvador.

Pois apesar do constante sofrimento centenas de milhares escolheram desprezar a rica oportunidade de se render aos pés do Todo Poderoso. Assim, após cumprida nossa missão era hora de retornar ao Reino Celestial, Miguel então me propôs algo inesperado:

— Venha conosco, tenho ordens de leva-la de volta à casa do Pai

— Não esperava receber esse tipo de convite, visto que pelo que lembro fui rejeitada por ele depois de ter cometido o pecado da idolatria em minha encarnação anterior

— Sim, o Tribunal Divino formado pelo Deus Pai, Filho e Espírito Santo te condenaram por adorar uma imagem esculpida pelas mãos do homem como se fosse o verdadeiro Deus de todo o Universo.

Pois isso é aos olhos do Altíssimo como adoração aos demônios, mas você tem se mostrado merecedora de receber o perdão definitivo pelos erros cometidos tanto na existência anterior como nesta que acabou de viver no mundo dos mortais

— Pensei que depois da batalha contra os demônios eu iria retornar a minha antiga forma física, podendo habitar novamente entre meus amigos na terra que com toda certeza sentem minha falta, inclusive meu pai a quem tanto tenho apreço por tudo o que fez por mim no momento mais difícil de minha vida

— A escolha é unicamente sua, fizemos o convite para que retorne conosco às mansões celestiais onde o nosso Senhor a aguarda, mas cabe a você escolher o que achar mais conveniente

— Então posso optar em retornar à terra?

— Claro que sim!

— Na mesma forma humana que possuía antes da transladação?

— Lógico, igualmente!

— Bom, mas quanto ao tempo decorrido desde minha suposta morte em combate? Já se passou muito tempo e com certeza já fizeram até um suposto velório para mim, como vai ser se de repente eu aparecer do nada?

— Isso é fácil de resolver, bastando apenas regredir no tempo

— Como assim regredir?

— Ao descer para a batalha contra o Maligno e ter lhe convocado para se unir a nós em combate considerei a hipótese de que pudesse querer voltar a sua forma humana depois de tudo ter sido consumado.

Recebi do meu Senhor a permissão assim proceder caso assim preferisse, portanto, decida se é realmente isso que quer e assim será feito

— Voltarei a minha antiga forma física?

— Claro, sem dúvida!

— Muito tempo se passou, fui dada como morta, como poderei surgir entre aqueles que me conheceram antes e me apresentar como estando viva depois deles já terem minha morte?

— Como mencionei anteriormente, posso regredir o tempo, dando a você a possibilidade de retornar ao mesmo ponto onde se encontrava antes de me acompanhar na luta contra os filhos do Maligno

— Sério? Isso é mesmo possível?

— Venha até aqui, permaneça de olhos fechados até perceber que está novamente entre os mortais

Me aproximei dele, senti sua mão sendo colocada sobre minha cabeça, senti tudo girar em torno de mim e num piscar de olhos pude ouvir o som dos tiros, das espadas se cruzando uma na outra, gritos, rugidos de demônios e o disparar das muitas armas. Aos poucos fui despertando enquanto Sophia gritava feito louca massageando meu peito.

— Vamos, Luana, acorda!

— Que foi, porquê grita tanto?

— Droga, amiga, faz maior tempão que está ai desacordada!

— Que aconteceu, como apaguei?

— Não lembra da explosão? Atiraram uma bomba na nossa direção!

Por pouco escapamos com vida, malditos demônios!

Estávamos escondidas entre os escombros do prédio demolido horas antes pelas muitas bombas lançadas ali, lá na frente Miguel e os Arcanjos enfrentavam os demônios enviados por PETROVIC diretamente das profundezas após vencer seus exércitos humanos. Resolvi me aproximar para ver mais de perto o confronto, tudo parecia como se fosse um sonho, me encontrava meio confusa.

Ao me ver Miguel parou o combate contra BELZEBU e deu-me uma olhada repentina como se me fizesse entender tudo o que estava acontecendo, então me veio à memória o que havia ocorrido desde que enfrentamos as trevas e meu retorno ao mundo dos viventes. Fechei os olhos, deixei que minha mente se sintonizasse com o presente, mais uma vez senti tudo girar ao redor e como num sonho despertei para a realidade.

Me encontrava deitada numa cama de hospital, Sophia, papai e Roger conversavam enquanto aguardavam meu despertar. Tão logo demonstrei estar acordada vieram e me cobriram de abraços, carícias e glorificaram a Deus pela minha vida.

— Santo Deus, minha filha, pensei tê-la perdido!

— É verdade, amiga, foi um baita susto que você nos deu!

— Olhe só seu estado, Luana, o corpo todo machucado!

— Calma, gente, vaso ruim não quebra assim tão fácil!

Muitos risos acalmou o coração de todos que se faziam presentes ali, aos poucos passei a sentir os efeitos das machucaduras espalhadas por todo o corpo após ter sido quase esmagada durante o confronto na França.

Tão logo sai do hospital fui levada para a casa de papai para melhor recuperação de meu precário estado de saúde, ele não admitiu nem por um segundo a ideia de que eu ficasse aos cuidados de outras pessoas mesmo sendo elas profissionais competentes, como médicos e enfermeiros. Na mansão de John recebi o melhor tratamento e em pouco tempo já me encontrava novamente em forma, pronta para retornar a Agência, o que fiz sem perca de tempo.

Ao chegar no trabalho fui recebida com muito carinho pelos colegas que festejavam minha recuperação depois de um longo período sobre o leito de um hospital, uma verdadeira chuva de aplausos se fez ouvir enquanto eu me dirigia a sala do meu superior para ser reempossada na minha antiga função e, quem sabe, receber de imediato alguma nova missão eu me fizesse sair daquele marasmo todo que me sufocava de tanto tédio.

— Com sua licença diretor...

— Luana, como vai nossa agente nota dez?

— Nossa, por acaso estou sendo citada pelo diretor mais casaca dura da Agência de "Agente Favorita da CIA?

— E porquê não? Afinal foi a responsável pelo fim da maior e mais demoníaca organização criminosa de todos os tempos, sem sua atuação não teríamos tido o menor êxito naquela missão

— Mas o que é isso, diretor, não vamos esquecer a importante participação da agente Sophia que muito contribuiu para que as coisas dessem certo

— Sim, é verdade, mas para mim e os peixes grandes lá de cima quem realmente brilhou naquilo tudo foi você

— Fico honrada por isso, diretor

— E então, já se sente pronta para uma nova missão?

— Certamente que sim, senhor, coloco-me imediatamente a disposição da Agência

— Muito bem, vamos ao auditório, pois preciso lhe mostrar algo importante para que compreendam perfeitamente tudo sobre sua próxima missão

— Compreendam, senhor, está falando no plural?

— Sim, eu havia esquecido de mencionar que temos um novo agente conosco, o nome dele é Richard e veio da Interpol para colaborar nesta nova missão, venha ele já nos aguarda no auditório

Ao chegarmos ali fui apresentada ao novo agente que iria me acompanhar no meu primeiro trabalho após a recuperação dos ferimentos sofridos durante a batalha contra PETROVIC e suas centenas de soldados, mesmo que aquela situação tivesse ocorrido apenas na visão distorcida dos fatos vivenciados diante dos olhares limitados de meus colegas que não puderam ver a realidade pela qual passamos, pois fui e vim do abismo depois de travar uma terrível luta contra os demônios na companhia de Miguel e seus anjos.

Richard me impressionou bastante, era um homem atraente, elegante, comunicativo e transmitia confiança apesar de se tratar de um espião altamente treinado, assim como eu. A química existente entre nós ajudou com que uma forte amizade surgisse e em poucas horas já estávamos dialogando e dando gargalhadas um pro outro como se já nos conhecêssemos a bastante tempo.

Segundo Capítulo: Uma Nova Chance Para Amar

A nova missão que recebemos naquela ocasião foi para resgatarmos a filha de um importante político que se encontrava prisioneira nas mãos de um grupo terrorista na Síria com sua sede criminosa localizada na cidade de Alepo, a segunda maior população do país depois da capital Damasco, nossas ordens era entrar naquele território hostil e libertar a jovem.

Com todo o treinamento que eu e meu novo colega de campo possuíamos acreditava-se que tudo ocorreria na maior tranquilidade, com sucesso garantido.

Era apenas entrar no cativeiro, eliminar o máximo de cretinos possíveis sem chamar muito a atenção de todo o bando e em seguida chegar ao ponto de extração combinado para retornarmos sãos e salvos.

Seria ótimo se tudo ocorresse como planejado, pois dessa forma levariam apenas alguns dias para que a missão fosse concretizada e pudéssemos voltar casa em segurança. Naquela manhã de primavera chegamos a Síria, quando o sol já acordava bem cedo.

Partimos para Alepo horas mais tarde onde fomos recebidos pelos informantes que nos deixaram a par de toda a situação, principalmente o exato local do cativeiro. Eles estranharam que a Agência tivesse decidido enviar apenas dois agentes para realizar o resgate da moça, visto que ali existiam dezenas de homens bem armados, mas erámos o bastante. O lugar ficava num dos bairros mais pobres da cidade.

Num tipo de favela, distante do centro urbano, cercado de lixo e escombros por toda parte. Entramos no perímetro sem que fossemos notados até que passamos a nos deparar com aqueles que ficavam de guarda para evitar a presença de estranhos no lugar, inicialmente agimos com cautela para não chamar a atenção de todos eles numa só vez, eliminando cada um dos obstáculos com o uso das próprias mãos.

Estrangulando-os através de nossas técnicas de luta corporal. Richard se mostrou um excelente lutador de artes marciais e ao meu lado cooperou bastante para darmos cabo aos primeiros bandidos que encontramos. Eram cerca de uns cinquenta a sessenta homens que teríamos de encarar antes de chegarmos ao ponto exato onde se encontrava a vítima dos terroristas que ameaçavam matá-la caso suas exigências não fossem atendidas no prazo de quarenta e oito horas.

Exigiam que o Ministro do Meio Ambiente assinasse um termo que permitiria o despejo de resíduos tóxicos. O produto deveria ser despejado nas águas do mar mediterrâneo como se fosse outro tipo de material não tóxico, evitando que a lei ambiental os punisse por cometer tal crime. O fato do Ministro, pai da jovem sequestrada, se negar a cooperar com os sequestradores os levou a ameaçar mata-la caso ele não voltasse atrás com sua decisão, assim, a vida dela estava em nossas mãos desde então.

Após confrontarmos grande parte dos bandidos e conseguirmos adentrar o local fomos descobertos e uma chuva de chumbo grosso caiu sobre nós que procurávamos nos proteger da melhor forma possível sem, no entanto, recuarmos diante da ameaça. Munidos de pistolas automáticas, contando com nossas pontarias certeiras víamos vários corpos sem vidas tombarem ao chão, nenhum disparo feito se perdia.

Tanto eu quanto Richards éramos excelentes atiradores o que facilitou bastante obtermos êxito durante o ataque, em poucos minutos desmantelamos o cativeiro, libertamos a refém e já estávamos nos dirigindo ao ponto de extração que nos foi informado pela Inteligência. Já no helicóptero nós dois respirávamos aliviados pelo fim da missão sem nenhuma baixa nem qualquer ferimento na vítima.

— Nossa, finalmente de volta para casa e sem nenhum arranhão crítico em nós nem na refém!

— Isso mesmo, Richard, mais uma missão cumprida com êxito

— Melhor assim, não gosto de fracassos, que possamos continuar a ter a mesma sorte sempre

— Tivemos sorte de poder contar um com o outro nessa missão

— Eu que tive sorte de trabalhar ao lado de uma agente tão bem treinada como você

Aquele elogio me deixou de rosto avermelhado de tanta vergonha, algo que nunca havia me acontecido antes, nem mesmo ao ser elogiada por meus superiores no final de cada missão o que já tinha se tornado rotineiro para mim. Talvez aquilo tivesse acontecido porque nos conhecíamos a pouco tempo, ou por estarmos na presença de uma estranha... — Pensei.

Dei como retribuição um sorriso amarelado, meio sem graça, toda desconcertada. Será que depois de chegarmos à Agência ele me convidaria para tomarmos um chopp gelado lá no barzinho da esquina do prédio onde passaríamos a conviver como vizinhos ou se mostraria indiferente para comigo? Sei lá o que estava me acontecendo, afinal, depois da enorme decepção sofrida no primeiro amor decidi nunca mais arriscar.

Tinha medo de voltar a amar novamente e sofrer outra dor como aquela dos tempos de minha adolescência, onde fui enganada, abandonada, tratada como algo inútil que usamos e depois lançamos fora. Jurei a mim mesma jamais permitir que outro homem me tratasse daquela maneira outra vez, nem acreditar em palavras vazias que só servem para nos iludir, judiar, humilhar.

Entretanto, como podia ver, parecia mesmo ter amolecido diante do charme, a elegância e os lindos olhos verdes daquele belíssimo inglês com seus quase dois metros de altura, cabelos ruivos, a barba sempre bem feita e um sorriso nos lábios capaz de enfeitiçar qualquer coração carente como o meu. Ao chegarmos na CIA apresentamos nossos relatórios e depois, como previsto, fomos tomar aquele esperado chopp gelado no barzinho da esquina do hotel onde passaríamos a ser vizinhos.

— Legal a Agência nos conceder luxuosos apartamentos bem no centro da cidade

— Sim, e não é qualquer cidade, trata-se da maior metrópole do mundo!

— É a mais pura verdade, Nova York é mesmo linda, tão linda quanto a cor de seus olhos!

— Obrigada, mas os seus são bem mais encantadores do que os meus

— Então você é a admirável agente Luana, que como mágica destruiu todo o exército do tirano PETROVIC?

— Não teve nada a ver com mágica, meu amigo, foi pura tática de guerra acompanhada de um perfeito plano de ataque

— E sua amiga, aquela com quem executou a missão na França onde ocorreu o famoso combate com os criminosos, onde ela está?

— Fala de Sophia? Pelo que fui informada logo que retornei a Agência ela e nosso amigo Roger estão numa missão no Haiti, mas já devem estar retornando em breve

— Vocês três são grandes parceiros por aqui, não é?

— Aqui e em qualquer outro lugar por onde andarmos, nós nos damos muito bem

— E são tão bons no que fazem quanto você?

— A maior prova disso é que somos amigos, isso seria impossível se não possuíssemos as mesmas qualidades como agentes

— E por que pensa assim?

— Primeiro pelo fato de que iríamos estar em níveis diferentes dentro da Agência, seria impossível uma aproximação, um contato diário e direto. Depois porque pessoas altamente treinadas como nós não conseguimos nos relacionar com parceiros inexperientes, não concorda?

— De certa forma sim, mas acho possível conviver com civis ou agentes menos capacitados que eu

— Não sei, talvez pense assim por ter treinamento militar.

Lá eles nos ensinam a manter uma convivência harmoniosa apenas com militares ou com os que de certa maneira servem ao seu governo ou país, nem mesmo com nossos parentes nos é ensinado manter um contato permanente, visto que aprendemos ser as Forças Armadas nossa única família de verdade.

— Sei disso, também passei por lá, mas não permiti que suas ideologias me afetassem

— Participou de alguma guerra enquanto serviu a seu país?

— Na verdade não, deveria ter participado nas Malvinas, mas no último momento fui designado a iniciar imediatamente meus serviços na Interpol por ter sido considerado o mais capacitado para executar uma missão a favor de nosso governo. Mas fui informado que você esteve por lá, comandando um pelotão que colocou os argentinos pra correr

— Sim, isso é mesmo verdade, nós nos saímos muito bem

— Qual é sua atual patente como militar?

— Major, e você?

— Tenente Coronel, fui dispensado com honras para continuar servindo meu país como agente

— Eu também, nisso temos algo em comum

— Não, acho que temos mais em comum do você possa imaginar

— Acredita mesmo nisso?

— Claro que sim, você não?

— Ainda não sei, veremos isso com o passar do tempo

Ficamos um longo tempo conversando, trocando confidencias sobre nossa vida profissional e pessoal, falamos sobre os amigos, família, missões nas quais atuamos, os riscos que corremos ao atuarmos em cada uma delas...Por fim decidimos ir descansar nos nossos apartamentos que ficavam no mesmo andar do Hotel onde a Agência nos alojou por tempo indeterminado até que fossemos transferidos para outra cidade.

Ao chegar naquele corredor iluminado paramos para nos despedir e desejar uma boa-noite de sono um pro outro, ele me encostou na parede, segurando firmemente minhas mãos. Seu rosto aproximou-se do meu e sentir o suave toque de seus lábios junto aos meus, de repente já estávamos abraçados, nos beijando ardentemente como se fossemos amantes a muito tempo. Pela primeira vez depois de anos me entreguei sem medo algum.

Perdi completamente a compostura, a razão, o temor de ser ferida novamente. Ao ser tocada por aquelas mãos enormes num abraço forte, apertado, delirei de desejos e senti dentro de mim como se um fogo abrasador me consumisse. Fazia tanto tempo que não era amada, meu corpo estava intacto, meu sexo lacrado desde a ultima vez que fiz amor com um desgraçado que me engravidou quando não passava de uma menina boba e sem noção do que realmente queria da vida.

Fui convidada a entrar no seu apartamento que ficava de frente ao meu, a cada passo dado continuávamos a nos beijar e lançávamos fora cada uma de nossas peças de roupas que ficaram espalhadas pelo chão. Lançando-me na cama completamente despida ele beijou-me mais fortemente a minha boca, chupou minha língua com loucura, depois passou a mamar nos meus mamilos, lambia todo o meu corpo, desceu até minha vagina úmida de desejo, abriu-me toda e passou a chupar meu clítoris enlouquecendo-me.

Sua língua macia e ao mesmo tempo quente lambia dentro de meu sexo que ardia em fogo enquanto eu gemia de tanto prazer, me contorcia na cama como se fosse uma lagarta na areia escaldante, desejando ser logo invadida. Ao perceber que eu já estava pronta para o ato ele ficou de pé e então pude ver aquele mastro enorme, grosso, veiúdo, cuja cabeça parecia um tomate vermelho, apontando para mim. Sua proposta inicial foi que eu o chupasse.

Obedeci e tentei colocar tudo aquilo dentro da boca, mas era grande demais, mesmo com todo esforço não foi possível engoli mais que a metade. Parecia ter uns vinte centímetros de tamanho por quatro ou cinco milímetros de grossura, uma verdadeira jiboia humana. Então apenas mamei na glande, chupei até onde me foi possível suportar sendo inexperiente. Ele, como um macho insaciável, passou a meter e puxar seu mastro.

Senti aquela vara enorme socando minha garganta ainda virgem para tal ato, pois nas vezes em que fui possuída na adolescência meu parceiro só enfio o pênis na minha vagina e nada mais, nada além disso ele fez ou me ensinou. Richard era másculo, suas mãos e braços potentes, tudo naquele macho era incrivelmente exagerado. Quando penetrou meu sexo senti como se um torpedo tivesse sido disparado e estivesse rompendo a abertura da minha vagina, me rasgando por dentro, destruindo tudo a sua frente.

A cada estocada dada eu revirava meus olhos de delírio misturado com dor e tesão, temperado com um inexplicável prazer que me levava até as nuvens, nunca antes vivi tamanha satisfação. Mas fiquei amarela de susto quando meu parceiro de cama propôs que eu me posicionasse de quatro, não estava acreditando que ele pretendesse me penetrar por detrás, não tinha praticado sexo anal, mas Sophia me disse que aquela porra doía pra caramba e se tratando de um pau naquela grossura iria me lascar toda!

A principio recusei, mas fui convencida a concordar depois que ele disse usar um tal creme anestésico para facilitar a penetração, evitando a imensa dor que temia sentir. "Com jeitinho tudo se resolve!" — Ele afirmou — Bem, decidi arriscar pelo bem da relação que mal tinha começado. Foi um sacrifício enfiar toda aquela monstruosidade de pica no meu buraquinho virgem, apertado, mas o safado conseguiu meter tudinho, até bater no tronco

Minha nossa, sentir aquele nervo enorme sendo socado no meu rabo foi uma experiencia inesquecível, pois foi ali que descobri ter prazer no meu ânus semelhante o que sentem os gays, adorei foder por detrás. No final de tudo ele me fez outra proposta depois que gozei trepada naquela vara gigantesca, pediu que voltasse a chupar o seu pau até que ele gozasse dentro da minha boca, tive nojo, mas o safado insistiu com carinho e topei.

Levou quase uma hora para que ele chegasse ao clímax e ejaculasse, um jato de esperma saiu daquele mastro e foi lançado na minha garganta, continuei chupando, engolindo toda aquela porra salgada, sugando da cabeça de sua pica até a ultima gota de leite enquanto meu macho desmaiava de prazer.

Dormimos juntos naquela noite e ao amanhecer fomos para a Agência receber novas instruções para nosso próximo trabalho, porém mantivemos a discrição necessária para resguardar nosso segredo. Naquele mesmo dia Sophia e Roger retornaram da missão no Haiti e foram apresentados ao novo colega, formando um quarteto perfeito, aptos para realizar missões que exigissem experiência, técnica e agilidade.

— Então esta é Sophia, parceira número um de Luana em combate?

— Bem, se é assim que andam comentando por ai aceito numa boa

— Liga não, amiga, o Richard gosta de fazer piadas

— E você é o inglês que veio atuar juntamente conosco aqui na CIA?

— Olá, você deve ser o Roger. Sim, fui enviado por meu governo a fim de cooperar com a Agência de Inteligência Americana, muito prazer

— Seja bem-vindo!

— Obrigado!

Após as apresentações passamos o dia todo mudando de uma reunião para outra, ficando cientes de todas as atividades da Agência em redor do planeta sempre buscando colaborar com a paz mundial em conjunto com outras Agências de Inteligência em redor do planeta. No final da tarde nos reunimos num jantar no Plaza onde voltamos a conversar.

— Minha amiga, mas que homem!

— Nem te assanha, Sophia, já tem dono!

— Mas é claro que tem e só pode ser você, não é sua danadinha?

— Passei muito tempo sozinha com medo de voltar a amar, de me magoar, mas com o Richard isso mudou

— E vocês já transaram?

— Mas que pergunta mais indiscreta, Sophia!

— Anda logo, me fala antes que eles voltem!

— Por isso pediu que fossem pegar os chopps, queria me interrogar!

— Lógico, logo que vi os dois juntos na Agência percebi de cara que estava rolando alguma coisa entre vocês e até comentei com o Roger, mas ele duvidou de mim

— Teu namorado é sensato

— Não, minha amiga, ele é cego ou não quer ver o óbvio!

— Sinceramente, você é horrível!

— Prontinho, meninas, aqui estão os chopps bem gelados!

— Chegaram bem na hora rapazes!

— Na hora do quê?

— Sabe como é a Luana, Roger, sempre se esquivando de dá explicações

— Vocês duas são só mistério!

Ficamos horas num bate papo descontraído até que fomos cada qual para seus aposentos, eu e Richard subimos para o quinto andar do Hotel Plaza onde morávamos enquanto Sophia e Roger foram para o apartamento que tinham comprado recentemente depois de consolidarem o relacionamento amoroso e passarem a morar juntos.

Já novamente no espaçoso corredor do prédio onde morávamos, vinte e quatro horas depois de ter vivido ao lado de Richard momentos de intenso prazer, voltamos a nos beijar entre muitas carícias. Não conseguindo aguentar de tanto tesão voltamos a nos entregar um ao outro com a mesma disposição de antes, numa loucura descomunal que nos levou a incendiar mais uma vez aquela cama onde durante a maior parte da noite rolamos como dois animais selvagens.

Repetimos toda a sodomia da noite anterior e como somos igualmente pervertidos no sexo inventamos muitas outras loucuras para nos completarmos sexualmente. Aquele homem despertou em mim desejos e sentimentos até então mortos, sucumbidos devido uma enorme decepção.

Estava vivendo um conto de fadas, o momento mais espontâneo e gracioso de minha vida, porém como nada para mim parece que nada é durável, o destino mais uma vez iria me surpreender. Naquela madrugada, enquanto Richard dormia pesadamente, permaneci acordada numa insônia terrível tempo suficiente para ser incomodada pela inesperada visita de um conhecido personagem do Além, um círculo de fogo se abriu de repente e dele saiu um mensageiro de Satã com uma mensagem enviada da escuridão.

— Te trago notícias do pai das trevas, minha Rainha, ele assim te diz: Fostes ousada ao trair a confiança que depositei em ti, unindo-se aos filhos do Altíssimo numa batalha que não destruiu completamente meu reino porque espíritos ou demônios não podem ser exterminados, porém, fomos vencidos e humilhados. Entretanto, conseguimos nos reerguer da derrota sofrida para dar a ti a recompensa que merece nos vingando sobre aqueles a quem mais tua ama a fim de sintas no teu íntimo o sabor amargo que nos fizestes experimentar. Clama, pois, ao teu Deus por socorro porque deste momento em diante as portas do inferno te declara guerra permanente até que não reste mais nenhum dos teus amados

Ouvi as palavras do enviado das trevas em completo transe, meu corpo ficou totalmente paralisado, gelado não se movia, meus olhos arregalados sequer piscavam. Ao desaparecer o circulo de fogo e o ser trevoso eu despertei agoniada, preocupada com as ameaças que me foram feitas. Lembrei logo de papai, o que poderia ter acontecido com ele?

Num salto liguei de imediato a John que ainda residia na sua mesma mansão na Inglaterra e busquei falar-lhe mesmo que o horário fosse inoportuno. O telefone chamava, mas ninguém atendia, pudera pelas horas que eram, quase quatro da madrugada.

Terceiro Capítulo:
Vingança Satânica

Já amanhecendo finalmente consegui falar com um dos empregados da mansão e fui informada de que estaria tudo bem com meu pai adotivo, na confusão esqueci de Sophia e Roger que também corriam sério risco, então concertei meu erro ao ligar para eles que atenderam de pronto. Nos reunimos na Agência, mas não participei a Richard sobre o acontecido porque sabia que ele não acreditaria na versão dos fatos.

Então optei em falar sobre a visão satânica apenas para meus dois amigos mais chegados pelo fato deles já terem presenciado tais aparições e acreditariam em tudo o que lhes dissesse. Sophia ficou preocupada com tudo o que ouviu, propondo que eu buscasse ajuda em Miguel o que fiz sem perda de tempo. O príncipe dos Arcanjos logo atendeu meu chamado, comparecendo na nossa presença ali mesmo numa parte isolada da Agência, um clarão surgiu bem na nossa frente, dele emergiu o santo anjo de Deus.

— Salve, Rainha da Luz, que bom poder te rever pessoalmente

— Preciso de sua ajuda o quanto antes

— Sei disso. Nem precisa entrar em detalhes sobre o ocorrido, pois vimos tudo lá de cima. Entretanto devo lhe alertar que a única coisa que me foi permitida foi vir lhe esclarecer das consequências de sua última decisão.

"Nós te oferecemos a oportunidade de ter todas as suas transgressões perdoadas, retornar para o Reino Celestial para ali habitar conosco, ficando a disposição do Todo Poderoso para servi-lo juntamente comigo na liderança de seus exércitos na luta contra o mal que certamente se reergueria e voltaria a contra atacar os seres humanos por serem mais frágeis numa vingança infernal, mas você preferiu recusar a proposta divina. Optou em retornar no tempo e permanecer meio aos mortais como de fato aconteceu, dessa maneira selou seu destino e o deles com drásticas consequências".

— Mas lutei contra os filhos de Satã, contribui em muito para que o exército celestial obtivesse êxito naquele confronto e mereço ser recompensada de alguma forma

— Claro que mereceu, porém rejeitou a oferta feita pelo meu Senhor

— Então é assim que ficarão as coisas, por ter escolhido permanecer aqui na terra juntamente com seus amigos e o pai se tornou imerecida de receber a ajuda de um Deus que se diz benevolente? — Interrogou Sophia que desta vez não adormeceu nem desmaiou de susto

— Silencio, não lhe é dado o direito de se expressar diante de um príncipe divino!

— Se não podemos falar então porque nos deixou acordados desta vez?

— Cale-se Sophia, por favor!

— Pode deixar, irei responder a esta indagação. Recebi ordens de permitir apenas que contemplassem minha glória e ficassem cientes das consequências da decisão tomada pela sua amiga, que de agora em diante estarão sozinhos na luta contra o Maligno. Grande será a peleja que terão de enfrentar, pois ele tem de Deus a liberdade de persegui-los.

Ao findar suas palavras o clarão se desfez e Miguel partiu de volta ao Reino de seu Deus sem que me desse mais tempo para fazer-lhe qualquer outra pergunta, Sophia e Roger ficaram desesperados diante de nosso estado de abandono. Ficamos sem saber ao certo o que iria nos acontecer daquele momento em diante, pois, ao ver que estávamos desamparados pelo poder divino Satã iria vir com tudo para cima de nós.

Retornamos para o setor operacional da Agência onde reencontramos Richard que a algum tempo andava a nossa procura, pensamos em como reportar para ele o que acabamos de ver e ouvir, sendo cético quanto ao mundo espiritual não seria tarefa fácil convencê-lo do eminente perigo que de lá surgiria a qualquer instante. Fomos chamados a comparecer na sala do Diretor Geral da Agência de Inteligência para recebermos instruções sobre uma nova tarefa.

— Senhores, temos uma emergência de âmbito nacional e precisamos da colaboração de vocês para contermos este problema o mais rápido possível!

— Pois não, senhor, somos todos ouvidos

— Muito bem, Major, o caso é o seguinte: Três dos nossos agentes tiveram suas identidades reveladas pelos Russos e se encontram sob forte tortura em Moscou, precisamos que os senhores os regatem antes que morram ou revelem segredos que colocarão em risco esta Agência ou nos levem a uma guerra contra aquele país. Será a função de vocês entrarem e saírem com vida de lá, trazendo os nossos agentes, impedindo assim algo mais grave entre os EUA e a Rússia.

— Muito bem, senhor, estamos prontos!

— Certo, dois de meus auxiliares lhes darão o suporte necessário

Depois de ter recebido todas as instruções necessárias para executarmos a nova missão já nos encontrávamos no aeroporto à espera da aeronave que nos levaria até Moscou, quando meu celular tocou e fui informada que algo terrível havia acontecido com John em Londres. A situação se complicou ainda mais ao falar com meus superiores que se negaram a permitir que eu fosse até a Inglaterra ver meu pai antes de nossa partida.

John era mais que um simples pai adotivo para mim, ele me recolheu das ruas no pior momento de minha existência, tudo no que me tornei devia ao seu imenso amor por mim, algo que nem mesmo meus familiares me deram ou fizeram. Como poderia saber que ele estava a beira da morte e sequer ir vê-lo partir? Tinha nas minhas mãos uma decisão importante a fazer naquele momento, obedecer às ordens superiores, indo a Moscou resgatar os três agentes ou desobedece-las e ir ao encontro de John.

Assumir o risco de ser punida pela Agência, exonerada definitivamente de minhas atribuições conquistadas com muito esforço e que muito causaram orgulho em meu pai. Não, John jamais concordaria com tal atitude, pois me ensinou a sempre obedecer, certamente diria: "Nem que o mundo esteja desabando sobre sua cabeça, que eu ou sua mãe estejamos com o pescoço preso a uma corda numa forca, cumpra sua missão!" Iria seguir em frente para não lhe decepcionar.

Mas, quem em sã consciência deixaria alguém que tanto ama partir pro além sem antes ir se despedir dele caso isso ainda lhe seja possível? Seria uma tremenda falta de amor e consideração para com alguém como John que dedicou parte de sua vida para me acolher, ajudar a me tornar a mulher brilhante em que me tornei. Portanto, apesar de saber que ele não aprovaria minha decisão informei a meus superiores que enviassem outro Agente.

Escolheram Willis, um filho dos peixes grandes da CIA que aguardava ansioso por uma oportunidade mesmo que não chegasse nem aos pés de Roger, Richard e Sophia. Eu partir no mesmo dia para Londres enquanto o quarteto foi para Moscou no intuito de resgatar os nossos colegas que se encontravam nas mãos dos russos. Ao chegar na mansão encontrei John acamado sob a observação de um dos melhores médicos do país.

Ele e sua equipe faziam o melhor que podiam para mente-lo com vida, mas já o havia desenganado, pois o câncer se espalhou por todo o seu corpo e nada poderia ser feito para salvá-lo. Seus olhos brilharam ao me ver, vi seu rosto empalidecido ficar avermelhado, nos seus lábios cerrados pela dor que o consumia por dentro um traço de sorriso amarelado se formou meio a tanta tristeza, sem duvida alguma se alegrou por me ver chegar.

Todos ali o amavam devido a forma atenciosa lhes como tratava sem fazer distinção entre o rico e o pobre, o branco e o negro, se era um empregado ou alguém de mais alto nível social. Até mesmo a rainha Do Reino Unido se fez presente em seu funeral que ocorreu dias depois de minha chegada, autoridades, pessoas ilustres lhe deram o último adeus, quando desceram seu corpo ao sepulcro o cantar dos pássaros, o soprar suave da brisa faceira naquela manhã parecia chorar minhas lágrimas.

Perder John foi a mesma dor que senti ao ver meu verdadeiro pai sucumbir diante das armas daqueles policiais que o mataram sem a menor piedade depois de requerer minha honra das mãos do covarde que me iludiu com falsas palavras de amor, abandonando-me com um filho na barriga ainda adolescente. Mas algo foi maior naquela despedida, pois não perdi apenas um segundo pai que me levantou da cinza e do pó, perdia um amigo sincero, digno, honesto, capaz de tudo para me fazer feliz.

Após o velório recebi a visita de um advogado que leu o testamento de John na minha presença e de todos os outros parentes dele que arderam em ódio depois de ficarem cientes da decisão tomada por ele de passar oitenta por cento de seus bens, incluindo seus inúmeros imóveis, propriedades e investimentos diversos a mim como sua única herdeira, doando os vinte por cento restantes entre associações de caridades e seus empregados de mansão

John detestava os irmãos, sobrinhos e todos que tinham qualquer parentesco com ele ou sua falecida esposa, Elisabeth, pois dizia serem eles uns parasitas que viviam apenas para gastar o que dele recebiam com a vida repleta de luxúria e exageros sociais. Sempre bancou todos que carregava em suas veias seu sangue, nunca lhes deixou faltar nada, fui testemunha ocular disso, entretanto, ao morrer secou-se a fonte.

Ao perceber que ficaram fora do testamento caiu-lhes a ficha e muito preocuparam-se, pois a partir dali teriam que se virar como podiam para continuar bancando o mesmo padrão social no qual viveram por décadas às custas de meu amado pai, sabiam que não poderiam mais contar com seu generoso coração nem com minha ajuda, afinal de contas sempre achei o cúmulo John bancar a vagabundagem de irmãos, sobrinhos, primos e toda aquela corja de desocupados, então que se virassem, fossem trabalhar!

Até que tudo fosse resolvido e eu entregasse todo o patrimônio herdado de papai nas mãos de pessoas confiáveis para dessem prosseguimento ao legado que havia me deixado, se passaram pelo menos duas semanas. Enquanto isso meus amigos estavam cumprindo a importante missão que lhes foi confiado em Moscou, bem, pelo menos era o que tinha em mente, torcia que tudo corresse bem, que tivessem sucesso, voltassem em paz com os reféns em segurança.

Porém, quinze dias depois para minha decepção e desespero me ligaram da Agência para avisar que algo deu errado na missão, pediram que eu retornasse imediatamente ao Centro de Inteligência a fim de ficar a par da situação, isso me deixou terrivelmente preocupada, imaginando o que de tão grave teria acontecido com meus amigos. Sem dúvida iria me sentir culapada por toda minha vida caso algo de ruim viesse a lhes acontecer.

Peguei o voo da manhã seguinte de volta a Nova York, indo as pressas para a CIA em busca de notícias dos companheiros que haviam partido numa missão de resgate a Moscou, de pronto fiquei sabendo tinham sido pegos e estavam sob tortura nas mãos dos russos. De acordo com nossos informantes eles teriam caído numa emboscada após a missão ter sido delatada por alguém que sabia da atuação dos Agentes.

Todo o pelotão de Operações Especiais que os acompanharam foi massacrado em confronto contra os russos e meus amigos mortos, ao receber a noticia minha alma ficou atormentada dentro de mim ao ponto de quase me levar a loucura. Percebendo meu estado de choque meus superiores tomaram a decisão de me afastarem de minhas funções por um determinado período a fim de que eu pudesse me recuperar da imensa perda, então voltei para meu apartamento e ali permaneci em imensa angústia.

No entanto, como iria suportar permanecer na solidão, lembrando dos bons momentos vividos ao lado de Sophia, Roger e Richard que me trouxe de volta dos mortos de espírito, da sequidão sentimental na qual declinei desde que aquele maldito filho dos Dantas abusou de mim na adolescência? Sai diversas vezes pelas ruas de Nova York a procura de algo quem alegrasse o coração, retornei ao barzinho da esquina, bebi chopp gelado...

Fui ao Central Park, visitei cinemas e teatros, dei comida aos pombos nas praças, até em algumas boates ousei entrar na esperança de vencer tamanha tristeza que me consumia por dentro, mas de nada adiantou. A ausência de meus três amigos inseparáveis causou em mim uma dor tremenda como se fosse um câncer crescendo no meu interior, roendo minhas entranhas, reduzindo meu ânimo de viver em pó e cinzas.

No final de cada noite por onde passava via sombras que seguiam meus passos na escuridão do dobrar de cada esquina, era como se estivesse sendo seguida por seres das trevas, o inferno me vigiava, porém, não ousavam se aproximar e me encarar frente a frente. Não entendia do porque deles se mantiverem distantes, de não me atacarem logo de uma vez, afinal, eu havia perdido meus poderes sobrenaturais após o adeus de Miguel.

Foi numa madrugada fria, quando desfilava sozinha pelas ruas da metrópole que um conhecido ser do mal surgiu na minha frente, vestido como guerreiro, entretanto com a horripilante aparência de demônio, sugerindo que eu o seguisse até as profundezas da terra. Bem, não tinha mesmo nada de importante para fazer no restante das horas que restavam antes do amanhecer então aceitei o convite e fui conduzida à presença do Maligno para ouvir suas zombarias

— Salve, salve a esplêndida Rainha da Luz, seja bem vinda!

— Não sou mais rainha de nada, seu desgraçado, pois se ainda possuísse meus antigos poderes te destroçaria por inteiro juntamente com esses teus lacaios!

— Ora, vejam só, ela ainda respira ar de vingança contra nós!

Devido ao tom de deboche todos riram, eu era uma piada.

— Eu avisei que suas atitudes trariam sérias consequências tanto a você quanto aos que lhe fossem mais próximos, devido sua mania em crer que é intocável seus amigos foram mortos recentemente pelas mãos dos russos influenciados diretamente por mim, é claro! Eu designei alguns de meus súditos a subirem ao mundo exterior e dominar a mente daqueles soldados a aprisionar seus parceiros depois tortura-los até a morte.

— Seu filho de uma puta! — Fui detida por alguns antes de tentar esbofetear a face daquele porco gigante

— O que pensa poder fazer contra mim nesta forma humana, mulher, por acaso quer ficar aqui mesmo e nunca mais retornar pro seu corpo físico que descansa caído em alguma calçada daquelas ruas escuras?

— Como assim, seu infeliz, vim por inteira a este reino imundo! — Pensava ter sido trasladada, mas os demônios não possuem este poder divino

— Não minha querida, na verdade seu espirito está aqui, mas o corpo ficou lá em cima!

Aquela revelação me deixou atônita por não saber ao certo se estaria correndo risco de vida caso algo de ruim acontecesse a minha matéria, assim, quis retornar a minha forma física imediatamente.

— Quero retornar agora mesmo para o local onde estava antes de vir para cá!

— Calma, meu bem, aqui você não dá ordens nem decide nada, somente eu determino se vais ou não retornar

— Maldito, não tem o direito de impedir minha existência dessa forma!

— Pois acho que posso, pois o teu Deus te abandonou devido as más escolhas que fizestes e deu a mim o poder de tirar-te a vida

— Não acredito em nenhuma das tuas palavras, ser maligno, pois apesar de ele ter me largado a própria sorte sei que jamais daria a ti o poder de colocar fim a minha vida sem que se cumprisse todo o círculo por ele previsto para minha existência!

— Engana-se, vadia, ele desistiu completamente de teu espírito, você agora está nas minhas mãos e ficará para sempre aqui na escuridão!

Ao ouvir tais palavras fechei os olhos, clamei ao Deus de toda a terra e do Universo para que perdoasse as péssimas escolhas que fiz no passado, todas as minhas rebeldias, iniquidades praticadas, a falta de humildade e viesse ao meu auxilio naquele momento em que o pai das trevas pretendia me manter cativa no seu reino de perdição.

No mesmo instante em que encerrei minhas preces um forte estrondo se fez ouvir bem no mesmo local onde me encontrava, causando um terremoto que abalou as estruturas do inferno e surgiu de algo semelhante a um portal o príncipe dos Arcanjos com sua espada desembainhada, reluzente, empunhada na sua mão direita, partindo para cima dos demônios que o desafiavam e caiam aos seus pés como moscas na sopa.

Ele tocou-me e num piscar de olhos desaparecemos daquele lugar imundo, subindo para a superfície junto ao meu corpo que jazia num beco qualquer de uma estreita rua da cidade. Após me deixar em segurança sempre em silencio voou de volta para os céus de onde havia vindo. Não me disse uma só palavra, não me abraçou nem repreendeu minhas atitudes, não levei nenhuma de suas broncas como de costume, nada fez como antes.

Voltei para meu apartamento e ali refletia nos últimos acontecimentos, quando um pesado sono caiu sobre mim como a muitos dias não acontecia desde que Sophia e meus outros amigos se foram, então adormeci num sonho estranho que me levou a presença do Altíssimo. Se segundos atrás me encontrava deitada na minha cama, agora estava de pé diante do majestoso trono do Rei de todo o Universo.

— Seja bem vinda de volta diante deste conselho, Rainha da Luz, decidimos lhe proporcionar uma nova oportunidade de se redimir e nos ajudar a defender os seres humanos das eminentes ameaças de satanás contra suas vidas, entretanto, necessitamos ouvir diretamente de você se aceita ou não receber essa nova chance de combater o mal existente na terra lado a lado de nossos exércitos celestiais — Assim se manifestou o Cristo

— Sem dúvida que aceito a proposta deste Conselho Celestial para me unir aos Arcanjos na batalha contra satanás e seus aliados, pois é meu desejo puni-lo pelo mal causado a toda a humanidade desde o princípio da Criação, principalmente em razão da morte de meus entes queridos

— Percebemos sua intensa amargura pela perda de cada um daqueles que amava, mas não é correto se unir as nossas forças de defesas celestiais apenas por um sentimento egoísta de vingança porque isso limitará sua disposição de combater as trevas apenas por um determinado tempo, desistindo de prosseguir nesse objetivo depois de ter consumado seu intento contra a escuridão — Adianta o Espírito de Deus

— Entendo perfeitamente seu ponto de vista, Senhor, mas não pretendo me limitar na peleja contra as forças do mal, darei minha vida a esta causa

— Muito bem, então serás levada ao Local de Preparação!

O "Local de Preparação" ali mencionado pelo Todo Poderoso tratava-se do ambiente divino onde os guerreiros do Altíssimo eram devidamente treinados e após aprovados recebiam suas vestes, armamentos e os poderes necessários de acordo com suas funções nos exércitos celestiais. Eu fui designada a me tornar a segunda líder dos Arcanjos ao lado de Miguel, seria a princesa deles, um tipo de vice comandante.

Mesmo, é claro, que eles não necessitassem disso, pois Miguel lhes fornecia toda a luz que precisavam para lutar e vencer seus inimigos. Considerei que recebi aquela função tão especial apenas como recompensa pelos esforços praticados contra o mal na terra ou simplesmente pela infinita misericórdia divina. A verdade que as razões que lhes levaram a me dá tamanha honra era o que pouco importava, apenas agradeci imensamente.

Meu corpo foi trasladado no instante em que parti com Miguel de meu apartamento, dessa forma não permanecia exposto ali como ocorreu no momento em que o demônio me transportou para as trevas a mando do Diabo. Mais uma vez desapareci fisicamente da terra e o propósito era que nunca mais voltasse a conviver como uma mortal nem retornaria a Agência como uma simples agente do Centro de Inteligência Americana, agora minha missão seria universal e infinita.

Depois de muitas idas e vindas, batalhas vencidas, maldades impedidas, evitarmos que as ações malignas do Demônio contra a humanidade por muitos anos após minha transladação entendi que todos os meus bens e propriedades terrenos herdados de John precisavam ser supervisionados e os recursos deles adquiridos aplicados num bem maior que pudesse ir além de uma simples ajuda humanitária, então propus ao Grande Criador da vida uma forma de criar entre os seres humanos algo bastante inovador.

Quarto Capítulo: Os Sobrenaturais

Minha ideia era que o Senhor permitisse a encarnação de alguns dos mais valorosos guerreiros do Reino Celestial na terra em forma física, porém, com poderes sobrenaturais que nos ajudasse no combate ao mal causado pelos próprios seres humanos contra seus semelhantes,

Como por exemplo roubos, crimes, corrupção por meio dos poderosos, o crescimento da violência, mas tudo sendo influenciado por satanás, visto que nossa atuação direta exterminaria a raça humana. Iriamos nos limitar a combater diretamente apenas o reino das trevas, quando este se levantasse contra o mundo dos mortais através do poder da oculto que possuem.

Nossa peleja contra o Maligno e seus exércitos trevosos ocorreria no plano espiritual enquanto na superfície terrestre os Sobrenaturais defenderiam a vida dos mortais, usando seus poderes num determinado grau de limitação para não causar o fim dos seres vivos.

A ideia apresenta por mim ao conselho foi primeiramente analisada e depois aprovada, dali em diante foram escolhidos aqueles que desceriam a terra e nasceriam naturalmente de mulheres nos quatro cantos do planeta, crescendo normalmente como qualquer homem ou mulher.

Entretanto trariam no pacote poderes jamais vistos pelos homens que contribuiriam para a defesa da humanidade em toda a sua totalidade. Em número de cem Arcanjos se candidataram para cumprirem esta missão e tão logo tudo estava preparado eles desceram para a terra, nasceriam de mulheres previamente escolhidas pelos Deuses a fim de gerarem em seus ventres as crianças em cujos corpos habitariam os filhos do Altíssimo.

Cada criança já trazia ao nascer as características de um verdadeiro deus, dons e poderes inexplicáveis a mente humana, a ciência não conseguia explicar tais fenômenos e por causa disso passaram a considera-los uma aberração. As pessoas normais se assustaram com a aparição desses seres estranhos na terra se dividiam entre si em opiniões contrárias, pois temiam por suas vidas.

Enquanto uns apoiavam a existência dos sobrenaturais outros discordavam e pediam sua extinção por parte das autoridades, os casais cujos filhos possuíam tais poderes sofriam perseguições e constantes ameaças de morte, muitos tiveram que fugir de suas casas, cidades ou mesmo do país onde nasceram. Percebendo que a encarnação dos Anjos Celestiais não foi bem recebida por todos os moradores da terra Deus lamentou ter aceito sem muita relutância a ideia da Princesa dos Arcanjos.

"Quando nos deu sua opinião sobre criarmos no mundo dos mortais um determinado exército de homens e mulheres dotados de poderes para defender os seres humano das ameaças do Maligno percebi que apesar de ser uma ótima ideia correríamos o risco de que essa rejeição acontecesse, mas escolhi apostar em que tudo funcionaria bem, mesmo ciente do contrário. Na verdade, o que queríamos era mostrar a você que nem sempre a humanidade é capaz de compreender nossas boas intenções.

Se fôssemos relutantes com sua proposta seriamos vistos como inflexíveis, incapazes de aceitar uma opinião vinda de fora daquelas que costumeiramente são formadas por este Conselho Divino. No entanto, como podes ver aí está o resultado do que acontece quando subestimamos a aceitação humana para com as coisas superiores, eles não creem no imaterial, no espiritual, naquilo que não podem ver, tocar, compreender.

São néscios, incrédulos, pessimistas, amedrontados quanto ao desconhecido, covardes, sentem-se o centro do Universo, os únicos a existirem e sabedores das coisas mais profundas, perdidos nas suas próprias compreensões. Mas estão enganados, presos dentro da concha de suas especulações, sua sabedoria não passa de mera loucura que os conduz na direção inversa ao verdadeiro conhecimento. São tolos que se consideram sábios, inteligentes, desbravadores, quando nem são capazes de explicar o inexplicável.

— Eu entendo, meu Senhor, perdoe se cometi mais um enorme erro ao lhes propor a criação desses seres dotados de poderes para que ajudassem os moradores da terra

— Não vamos ficar lamentando se nossos planos não saíram como planejado, lembre-se que ao enviar meu único Filho para a terra no objetivo de que fosse usado como um sacrifício vivo, perfeito e completo a fim de que o homem fosse finalmente resgatado de seus pecados, recebendo de volta o direito de reconciliação comigo, como Criador e Pai, as coisas não deram muito certo, pois nem todos creram ou concordaram em segui-lo para serem salvos. Agora o que nos resta é encontrar a solução para todo esse problema, portanto, busquemos uma imediata saída para que nossos enviados possam sobreviver a toda essa onda de perseguição.

— Se me permite, Altíssimo, gostaria de lhes propor mais uma ideia que irá amenizar a situação caótica em que eles se encontram

— Fale, estamos atentos a suas palavras

— Como sabem enquanto habitei na terra na forma física da Luana herdei de John, meu pai adotivo, muitos bens, uma enorme riqueza que deixei na terra ao vir para o plano espiritual. Entretanto, tudo ainda está em meu nome e posso tomar posse quando bem entender apesar do tempo que tenho estado aqui deste outro lado, mesmo ausente ainda não fui dada oficialmente como morta. Assim, se este Conselho permitir me enviem de volta ao mundo dos mortais e cuidarei para nossos irmãos Arcanjos que estão em missão na terra possam ser devidamente abrigados e protegidos dos que o perseguem pelos quatro cantos do planeta.

— E poderia nos explicar mais claramente como pretende fazer isso?

— Se me permitirem o retorno até Londres, usarei a mansão onde John morava antes de sua morte como um tipo de Quartel General para todos os Sobrenaturais que neste momento se encontram espalhados pela terra, ali com o poder econômico que teremos ninguém irá ousar incomodá-los, podemos tentar convencer as autoridades a aceitarem suas atuações em favor da sociedade ao lhes explicar que a verdadeira missão desses seres dotados de estranhos poderes é livrar e proteger a humanidade dos ataques das trevas

— Sabemos o quanto a mente humana é incapaz de compreender e aceitar o sobrenatural, como acredita convencê-los disso?

— Tenho fé de que irei conseguir

— Muito bem, sua determinação muito nos impressiona!

"Assim, lhe concedemos permissão para retornar ao mundo dos mortais e colocar seu plano em execução. De agora em diante você receberá o poder de ocupar a forma física e espiritual sempre que desejar, vá cumprir sua missão, volte somente depois de concluída, um portal será aberto para sua ida e vinda a este Reino quando considerar oportuno!"

— Obrigado, meu Senhor, manterei contato!

— Estaremos conectados a você pela telepatia, fale conosco através de seus pensamentos se precisar de alguma coisa

— Está bem, partirei agora mesmo!

Antes de deixar o Reino Celeste eu e Miguel nos afastamos um pouco na direção do Alpendre Superior do majestoso templo sagrado e nos despedimos um do outro como dois grandes amigos que éramos. Seus lindos olhos azuis, encantadores, fumegantes como labaredas de fogo muito me impressionavam, causavam encanto ao meu coração.

— Faça uma ótima viagem de volta

— Obrigada, meu amigo

— Gostaria de poder ir contigo nessa missão, ajudar no que fosse preciso

— Não se preocupe, vai dá tudo certo, mas se precisa aviso

— Ouviu o Senhor, fale conosco pelo pensamento, estaremos atentos!

— Claro, farei isso!

— Então tudo bem, vá lá embaixo, coloque tudo em ordem, estarei sempre a seu lado!

— Promete?

— Você irá sentir minha presença a seu lado em todos os momentos, pode ter certeza disso

— Certo, então até breve!

Se estivéssemos na forma física com todos os desejos sentidos pela carne humana iria parecer estar rolando um clima entre Miguel e eu naquele instante de despedida, mas no plano espiritual isso não existe, o sentimento é puro, sem segundas intenções. Bom, pelo menos era o que acreditava ser porque sempre ouvi dizer que anjos não possuem sexo, se bem que ninguém nunca viu um pelado!

Depois de bastante tempo ausente reapareci em Londres, na mansão deixada por papai, e imediatamente convoquei todos os empregados para uma reunião de emergência onde informei sobre as mudanças que iria ocorrer no lugar, principalmente a chegada de diversas pessoas que passariam a habitar ali, deixei que eles ficassem a vontade para deixar o lugar se assim preferissem, pois teriam que conviver com os Sobrenaturais.

Uma das exigências principais que fiz a todos foi que mantivessem o sigilo total sobre a existência daquelas pessoas ali, quem assim não fizesse seria demitido, mas permanecendo ou não conosco ficaria proibido de comentar sobre o assunto a quem quer que fosse lá fora com o risco de sofrer sérias punições. Todos concordaram em permanecer na mansão e manter segredo quanto as informações que lhes passei.

Os Sobrenaturais que ainda estavam espalhados pelos quatro cantos da terra passaram a ser encontrados por uma equipe de homens e mulheres contratados especialmente para tal função, aos poucos foram chegando e se alojando nas dezenas de quartos que possuíamos na casa.

Que foi reformada e adaptada exclusivamente para recebe-los, além de todo o conforto mande instalar toda uma infraestrutura apropriada para o treinamento de cada um deles de acordo com os poderes que possuíam. Após reunirmos o maior número possível dos que passariam a servir nosso país e o mundo na defesa da vida humana lhes deixei a par de todo o projeto que deveria ser colocado em ação a partir daquele momento.

"Assim será nossa missão desde agora, iremos nos tornar os guardiães da humanidade, defensores do bem, inimigos das trevas e de tudo o que possa querer causar a destruição da raça humana na face da terra. O mundo, lá fora, irá continuar dividido entre os que acreditam ser o nosso poder algo extraordinariamente útil para a sociedade como um todo e aqueles que irão insistir em afirmar sermos uma aberração da natureza.

Entretanto, o que realmente somos e de onde viemos permanecerá sendo um grande segredo que iremos guardar apenas conosco mesmo, pois fomos agraciados pelo nosso Criador com o dom de ter a consciência de onde viemos, qual nossa verdadeira missão neste mundo, nossa verdadeira essência e qual é a meta que devemos alcançar em favor da glória divina.

Os seres humanos são a coroa da Criação de nosso Deus, ele os ama de maneira inexplicável, deu a vida de seu único Filho numa rude cruz apenas para que eles pudessem ser salvos da condenação eterna. Por isso nós, mais do que nunca, devemos seguir o exemplo de Cristo e defender aquilo que é visto com tanto amor pelo Altíssimo. Se ele foi capaz de sacrificar seu próprio Unigênito pela humanidade quem somos nós para não sacrificarmos a nós mesmo para proteger e guardar a menina de seus olhos, aquilo que O Eterno mais ama? Todos vocês habitavam no céu, ao lado de milhares e milhares de outros seres dotados de extremo poder, hoje estão aqui.

Fizeram essa escolha por vontade própria, ninguém os forçou a nada, escolheram por si mesmo deixarem seu lar divino e vir para combater a escuridão em favor dos mortais. Como recompensa o Senhor Deus Todo Poderoso irá lhes colocar no mais alto patamar entre os seus guerreiros após terminarem sua missão neste plano existencial, mas, enquanto ainda estivermos em peleja contra satanás e seus demônios precisamos nos esforçarmos ao máximo para obtermos bons resultados, entenderam?"

— Sim, senhora!!! — Responderam numa só voz

— Muito bem, então vamos aprimorar nossos poderes por meio de treinamentos diários, usem todo o equipamento necessário disponível, solicitem o que acharem que ainda falta, transformem-se em verdadeiros guerreiros, soldados de guerra prontos para pelejar e destruir toda e qualquer ameaça do reino das trevas que porventura se manifestar na terra na intenção de destruir a humanidade!

Daquele dia em diante dezenas deles passaram a se preparar para o combate contra o mal que se daria corpo a corpo pelas ruas das cidades do mundo inteiro, consegui comprar aeronaves militares que já não estavam em uso para a realização do transporte dos Sobrenaturais a qualquer parte sempre que necessário. O mundo passaria a conhecer a importância de nossos poderes e iriam aprender a nos valorizar como a principal forma de defesa de suas vidas frágeis e desprotegidas diante das trevas. Nós não apenas iriamos combater a violência em si, mas como éramos seres dotados da capacidade de enxergar o invisível, aquilo que mantivesse oculto aos olhos humanos, poderíamos facilmente destruir qualquer ameaça antes mesmos que ela se manifestasse visível e concretamente entre a humanidade.

Em pouco tempo já estávamos pelas ruas livrando pessoas das garras da morte, dos ataques das trevas e dando um pouco mais de paz aos moradores da terra que a principio ficaram assustados, mas depois passaram a nos aceitar como defensores de suas liberdades e não como uma ameaça. Devido o grande avanço e sucesso de nossas equipes de forma global os governos de diversos países passaram a apoiar a causa nos ajudando bastante.

A Inglaterra, os EUA, França e outras nações nos forneceram recursos que permitiram a aquisição de novos bens, equipamentos, armamento bélico e um aparato de novos benefícios que só reforçaram nosso desejo de continuar seguindo em frente. O governo americano discursou publicamente à sua nação em defesa de nossa atuação no planeta, dando-nos total liberdade para usar nossos poderes, defender a América.

Podíamos livrar da morte os indefesos, contribuir com a paz mundial e devido isso outros governantes seguiram seu exemplo, em pouco tempo, bem antes do que esperávamos, nos tornamos oficialmente os maiores representantes de um mundo onde inicialmente fomos vistos como aberrações. Com tudo isso as portas do inferno estremeceram, os demônios arderam em ódio e satanás se viu ameaçado, pois todas as suas investidas eram percebidas por nós antes mesmo que se manifestassem aos homens.

Os Sobrenaturais voavam de uma parte a outra do planeta combatendo as forças da escuridão que usavam pessoas de má índole para causar pânico e terror entre as pessoas de bem, terroristas, traficantes, toda espécie de criminosos eram detidos, presos, dominados, tirados de circulação ou mortos em combate pelos filhos do Altíssimo que desceram do paraíso para frustrar os planos do Diabo. Durante meses, anos, tivemos enorme vitória naquela peleja, eu me mantive na liderança dos guerreiros de Deus na terra.

Entretanto, apesar do reino das trevas ter sido enfraquecido pela atuação dos Sobrenaturais nunca desistiram de dar a volta por cima e pela astúcia de satanás ele infiltrou no comando da maioria das nações homens cuja índole era suspeita, eram perseguidores do bem, não se importavam com a sociedade que os elegeu como seus representantes, ambiciosos, interessados apenas em seu próprio bem estar.

Dessa maneira, passaram a nos perseguir, negaram-se determinadamente a continuar apoiando nossa causa, tornaram-se nossos inimigos, retiraram a ajuda recebida da parte de outros governantes do passado e declararam guerra contra todos aqueles que possuíssem poderes sobrenaturais. No mundo inteiro foi dada a ordem para que fossemos presos, mortos, perseguidos incansavelmente pelas autoridades competentes.

Depois de décadas defendendo os seres humanos agora nos víamos sendo acusados de causar desordens, ameaçar a paz mundial e colocar em risco a vida daqueles que por tanto tempo protegemos. Por causa dessas acusações feitas de maneira covarde pelos que representavam o povo das nações mais poderosas da terra passamos a ser vistos como monstros, aberrações, um perigo para a humanidade. A mansão que coloquei como Quartel General dos defensores da vida humana foi invadida e nos tornamos fugitivos.

Alguns ainda foram presos, torturados, mortos durante experiencias científicas onde buscavam entender como possuíamos nossos poderes. Não ficamos inertes, assistindo imóveis a toda aquela barbaridade e reagimos, combatemos nossos perseguidores, ocultos em esconderijos sobrevivíamos a toda aquela perseguição com otimismo e diversas vezes eles tombaram aos nossos pés. Tínhamos o pleno conhecimento de que não estávamos sendo atacados pelas pessoas comuns, mas pelo Diabo e seus demônios.

Com essa consciência não sentíamos ódio nem revolta dos seres humanos, mas voltávamos nossos olhares para a verdadeira fonte de toda aquela perseguição contra nossas vidas. A ordem do Senhor, nosso Deus, era que permanecêssemos firmes na nossa missão de ajudar os mais fracos, defender os desvalidos, libertar os cativos de satanás... Dessa maneira decidimos nos manter firmes, unidos, apesar de várias baixas.

Apesar da determinação divina para que os Sobrenaturais evitassem o confronto direto com os homens muitos se rebelaram devido a constante pressão que sofriam, então, muitos de nossos irmãos perderam a vida no confronto contra as Forças Armadas em várias partes do planeta, devido os poderes que possuíam derrotaram centenas de soldados, derrubaram suas aeronaves, afundaram seus navios, explodiram seus tanques de guerra.

Fulminaram seus pelotões, desmantelaram suas cavalarias, queimaram seus quarteis generais, mas mesmo assim no final foram vencidos e mortos. Enquanto toda essa desgraça caia sobre nós e o Senhor Deus, como sempre misericordioso, nos impedia de tomar a iniciativa de destruir por completo aqueles que usados pelo maligno nos perseguiam sofríamos as consequências de permanecermos inertes diante do caos que sobreveio sobre todos nós.

Foi então que cansado de nos ver sofrer por querer obedecer as ordens divinas de não contra atacar os homens, pois éramos fortes demais e certamente toda a raça humana pereceria, Miguel decidiu se pronunciar diante do Tribunal Sagrado em nossa defesa, porém sua atitude foi vista como um ato de insolência aos olhos dos três Deuses que formam o Conselho Celestial e dominam o Universo Para o Deus Pai, Deus Filho e o Deus Espírito Santo sua ousadia em falar-lhes era um desrespeito.

— O que está acontecendo com você, Miguel, por acaso pretende contestar as decisões tomadas por este Conselho Divino, quando está consciente que temos todo o conhecimento e a sabedoria universal, que estamos aptos a decidir com a total clareza e de forma perfeita sem margens de erros, sabendo qual é o melhor caminho a seguir para o bem da humanidade? Diante de quem pensa estar para ter a ousadia de ir contra nossos preceitos, discutindo e reprovando nossas escolhas? — Repreendeu-lhe Cristo

— Me perdoe, grandioso Senhor, nunca foi minha intenção desrespeitar sua autoridade nem colocar em dúvida vossa sabedoria, porém, não compreendo como me afirma estarem fazendo a coisa certa se vejo meus irmãos perecendo lá embaixo sem que façamos nada para ajudá-los. Além disso, aqueles que pela imensa pressão que sofreram rebelaram-se e entraram em confronto com aqueles que os perseguiam perderam seus corpos físicos, retornando para cá sem nenhum privilégio apesar do martírio que sofreram apenas por fazer o bem

— Não é seu ofício avaliar a conduta deste Conselho nem determinar se nossas decisões são ou não as mais corretas, sua função é apenas liderar os exércitos celestes e prepara-los para a batalha quando assim for determinado, portanto, limite-se a isto! — Esclareceu o Espírito de Deus

— Certamente, meu Senhor!

— Miguel, sei que está preocupado com seus irmãos, principalmente a Princesa dos Arcanjos, mas tenha calma. Fique certo de que planejamos o melhor para todos, em breve tudo se resolverá a nosso favor

— Sim, meu Senhor, sei que nos ama o bastante isso

Miguel era um líder nato, o poder que recebeu do Altíssimo ao ser criado era imensurável a ponto de ter lhe tornado o príncipe dos Arcanjos, sua humildade permitiu-lhe conquistar tão honrada posição e o fazia compreender que se o Pai Celestial deu a vida de seu único Filho na Cruz do Calvário para resgatar o homem de seus delitos e pecados como não permitiria que seus anjos perecessem em troca da vida humana na terra?

Vejam só o quanto o homem, criado do pó da terra, formado pelas próprias mãos do seu Criador é imensuravelmente valioso aos seus olhos. As vezes me pergunto o que leva alguém meio ao desespero, por maior que venha ser, tenha a ousadia e coragem de tirar a própria vida num ato impensável de suicídio. Vejam o valor que a humanidade tem diante de Deus!

Ele entregou o seu Unigênito nas mãos dos inimigos da luz para que fosse crucificado e morto como um delinquente pendurado num rústico madeiro! Sendo assim, qual direito temos de lançar mão no corpo físico que ele nos deu e impedir nossa existência neste mundo? As lutas e provações surgem durante a caminhada para nos fazer mais fortes, é um treinamento para o amadurecimento da alma, para nos ensinar a viver com maior esperança, aumentar nossa confiança após cada conquista.

Cada derrota no presente nos trará como consequência uma vitória futura, pois se hoje caímos amanhã levantamos; se choramos depois sorrimos; se tropeçamos lá na frente pisamos firmes; nem todas as noites na vida são trevas; nem toda lágrima escorrida dos olhos são dores. Pensando assim incentivei meus irmãos a seguirem em frente sem reagir contra as ameaças proveniente dos homens apenas fugindo de seus ataques que eram constantes, esperávamos que o Todo Poderoso se decidisse.

— Princesa, o que iremos fazer se o Altíssimo nunca tomar a decisão de nos permitir enfrentar os exércitos humanos, vamos deixar que eles nos encontrem e nos matem? Acha isso justo depois de tudo o que fizemos por eles? — Questionou um deles

— Entendo sua indignação, meu irmão, mas lembre-se que para nosso Pai Maior a rebeldia é semelhante ao pecado da feitiçaria e merece ser paga com a morte. Por acaso deseja ser banido do paraíso e lançado nas chamas do Fogo Eterno após desencarnar desse corpo físico no qual está habitando agora ou pretende retornar e continuar usufruindo do gozo celeste?

— Sim, minha senhora, com toda certeza!

— Então limite-se somente em obedecer!

Era natural que eles estivessem insatisfeitos com as decisões do Conselho Celeste, queriam poder voltar a usar seus poderes, enfrentar seus adversários mesmo cientes de que eles não estavam a altura de competir com suas habilidades sobrenaturais, mas e daí, quem mandou persegui-los?

No entanto o Pai Eterno ama o homem ao ponto de ordenar que suportássemos calados e sem nenhuma reação os seus abusos. Isso sempre foi assim desde o princípio, os seres humanos habitam na terra e a destroem.

Matam, roubam, trocam a adoração ao que é divino ou sagrado pelo culto aos demônios, se deixam dominar pelo mal e seguem prazerosamente seus desígnios, obedecem a satanás e praticam todo tipo de iniquidade, sentem prazer no pecado, negam a existência de Deus seu Criador.

Entretanto, mesmo com toda essa gama de rebeldia e indisposição de obedecer a quem detém em suas mãos todo o poder do Universo ainda possuem o privilégio de abusar da misericórdia divina.

Nossa dedicação ao nosso Senhor e a disposição em obedecer às suas ordens foi por muito tempo inabalável, mas ao perceber que meus irmãos estavam sendo mortos por aqueles a quem devíamos proteger a qualquer custo mesmo cientes de suas rebeldias que lhes levava a menosprezar as misericórdias divinas me revoltei profundamente com aquela ideia absurda e decidi convencê-los a também rebelarem-se contra tal determinação. Numa tarde, quando nos encontrávamos reunidos num determinado esconderijo, fugindo de nossos opressores que intentavam nos eliminar da face da terra por nos considerar uma abominação e ameaça a sociedade lhes deixei a par de meus propósitos daquele dia em diante.

— Meus irmãos me ouçam com bastante atenção, por favor: Temos seguido as regras divinas até aqui sem contestação mesmo cientes de que é inútil aceita-las passivamente enquanto muitos de nós já pereceram nas mãos destes humanos ingratos que nunca sabem agradecer todo o bem que dos céus já receberam. Entretanto, fomos fiéis para com as determinações do nosso Deus em não reagirmos a seus ataques com o alto preço pago com a vida de nossos irmãos que já desencarnaram sem lutar. Diante de tanto massacre por parte desses criminosos lhes proponho que deixemos de lado essa inercia e comecemos a dar o troco que esses safados merecem!

— Mas, princesa, se assim fizermos estaremos indo de encontro com as ordens que nos foram dadas pelo Altíssimo! — Observou um de nós, quando vários outros discutiam entre si em razão de minhas palavras

— Concordo, mas na minha opinião não podemos mais ficar inertes enquanto estas pessoas nos matam sem razão alguma, pois não somos nenhuma aberração e nosso único propósito aqui era defende-los do mal que lhes perseguem neste mundo.

— Acontece que ao agir dessa maneira iremos ascender a ira divina contra nós, poderemos ser lançados na escuridão ao desencarnarmos! — Observou outro

— Meus irmãos, por favor entendam a gravidade da situação! Porventura é justo que todos nós tenhamos deixado o paraíso para vir a este plano existencial ajudar os seres humanos dos ataques do Maligno, fazendo isso com toda nossa força e dedicação, recebendo como recompensa essa acirrada perseguição? Não importa o preço que tenhamos que pagar ao deixarmos nossos corpos físicos, proponho que paremos de ser submissos a um Deus que demonstra ter misericórdia apenas da raça humana enquanto menospreza os seres celestiais que também são obras de suas mãos!

— Isso é rebeldia, princesa! — Adiantou um deles seguido de vários outros que concordaram com sua visão dos fatos

— Muito bem, eu vou enfrentar estes ingratos e destruirei um por um juntamente com suas armas com ou sem a ajuda de vocês! Então se decidam, quem virá comigo colocar um fim definitivo nessa caçada incessante contra os Sobrenaturais?

Ao fazer tal pergunta ainda trazia em mente a esperança de que entre dezenas deles existisse algum que decidisse me seguir naquela batalha contra nossos perseguidores, porém, para minha decepção a resposta geral foi apenas um profundo silêncio.

— Pois bem, vejo que o temor que todos vocês possuem da repreensão do Todo Poderoso é maior do que o amor para com si mesmo, sendo assim, cumprirei o que disse anteriormente. Lutarei sozinha nessa batalha, pois não vou continuar me acovardando diante desses cretinos.

Quinto Capítulo:

Rebelados

Vários exércitos humanos, vindos de todas as partes do planeta se reuniram na incessante caçada contra os da nossa espécie, pois nos tornamos alvo da fúria daqueles que estavam sendo usados por satanás no objetivo de nos reduzir a pó e cinzas. As forças do mal usavam todo o poder disponível nas mãos humanas para colocar fim a nossa existência na terra a fim de dominar a raça humana por completo.

Era por entender isso que o Tribunal Divino nos impediu de agir contra os homens num confronto direto porque sabiam serem eles inocentes de seus atos violentos, visto que estariam sob a influência maligna do Demônio. No entanto, eu já não podia mais assistir a morte de tantos irmãos sem nada fazer para impedir tamanho massacre e decidi agir mesmo sem o apoio dos que até ali me seguiram.

Então partir para o confronto sozinha, contando apenas com a coragem e determinação em impedir que aquele massacre continuasse, pois os Sobrenaturais estavam sendo mortos a sangue frio por não demonstrarem qualquer reação de defesa diante dos que lhes feriam gravemente cujas mentes estavam sendo dominadas por satanás. Enquanto aqui em baixo eu passava a destruir a eminente ameaça que havia caído sobre nós...

Lá em cima o Altíssimo tomava medidas para conter minha ação contra os homens apesar de tudo testemunhar e saber que eles nos perseguiam sem nenhuma causa ou razão. Eu me enchi de ódio ao perceber que para ele os seres humanos pareciam ser mais importantes de que seus anjos, seres celestes criados bem antes dos habitantes da terra cuja perfeição moral era imensamente superior a qualquer ser mortal existente neste mundo.

Dessa maneira caí em cima dos nossos opressores e, fazendo uso do imenso poder que me foi dado passei a destruí-los sem a menor piedade, lançando minha espada sobre suas cabeças, transformando em montões de entulhos suas armas de guerra, mostrando a todos que nós éramos bem mais que simples seres dotados de uma força sobrenatural, mas que também sabíamos nos defender de seus covardes ataques.

Vendo que me coloquei em pleno risco diante dos que sem a menor misericórdia avançavam de todos os lados para nos reduzir ao pó e a cinza os demais irmãos tomaram a iniciativa de vir me ajudar por concluírem ser um ato de covardia deixar que somente eu defendesse aquela causa que envolvia tanto a minha sobrevivência como a deles. Assim, deu inicio a uma acirrada guerra entre seres humanos comuns e os que eram dotados de poderes sobrenaturais cada qual a seu modo.

Paralelamente a isso no céu o príncipe dos Arcanjos era convocado para uma reunião de emergência junto ao Tribunal Divino a fim de receber instruções para colocar fim a nossa rebelião, condição na qual a Trindade Santa nos colocou após tomarmos a decisão de defender nossas próprias vidas diante dos que nos oprimiam. O Deus Pai, Filho e Espírito Santo insistiam em dizer que havíamos cometido um erro ao agir em defesa própria e deram ordens expressas a Miguel para deter nossa ação.

— Fostes convocado diante deste sagrado Tribunal para que reúnas teus exercidos e desça a terra imediatamente para conter o avanço dos Sobrenaturais contra os humanos os quais não serão capazes de resistir aos seus poderosos ataques

— Perdoe-me, meu Senhor, mas continuo sem entender porque este Tribunal insiste em defender a atuação humana contra aqueles que só buscavam defender os homens da perseguição das trevas

— Miguel não continue relutante quanto as nossas decisões, apenas obedeça, cumpra as ordens que lhe foram dadas, reúna imediatamente seus exércitos e execute sua nova missão no mundo dos mortais!

— Mais uma vez peço-lhes que me perdoem, mas desta vez não iremos executar suas ordens, meus Senhores, nós não podemos agir contra nossos próprios irmãos que um dia por amor aceitaram encarnar na terra no objetivo de defender os seres humanos, sendo agora por eles perseguidos e mortos

— Como ousa se atrever a nos pronunciar tais palavras, Arcanjo, porventura esquece de quem somos e do que poderemos fazer contra você e todo o seu exército?

— De forma alguma, meu Senhor, porém, preferimos ser exterminados pelas suas próprias mãos do que cometermos qualquer crime contra nossos irmãos que apenas lutam pelas suas sobrevivências num mundo hostil, onde seus moradores são injustos, ingratos e sem o menor senso de justiça

— Por acaso você considera justo que seres dotados de incomparável poder massacrem pobres humanos cujas amas estão sendo possuídas pelo Diabo? Não percebe que são tão vitimas das trevas quanto seus outros irmãos?

— Compreendo sim, mas eles possuem o livre arbítrio dado pelo Altíssimo desde da criação do mundo de escolher se devem ou não seguir as influências malignas, se assim o fazem é por escolha própria, porque são mais inclinados a servir o mal do que o bem

— De fato sabemos que a humanidade vive inclinada ao mal, entretanto por ser a mais importante obra de nossas mãos não permitiremos que venha a ser destruída, sempre iremos defendê-la a qualquer custo!

— Mesmo ao preço de sacrificar a vida de nossos irmãos?

— Miguel, não esqueça de que por amor aos homens eu sacrifiquei a vida de meu próprio Filho numa rude cruz!

— Sim, meu Senhor, eu fui testemunha ocular deste acontecido e isso somente mostra o exagerado zelo com que trata tais criaturas imperfeitas, ingratas ao ponto de apesar de todo o sacrifício feito em favor deles ainda se manterem de costas viradas para ti e a teu amado Filho

— Miguel a sua insubordinação não nos dá outra alternativa a puni-lo seriamente! Retire-se agora mesmo de nossa presença, você e todos os seus liderados estarão sendo conduzidos para a área de detenção até segunda ordem!

— Aceitamos sua decisão, meu Senhor, mas mesmo assim ainda lhe peço o direito de argumentar em meu favor, mais uma vez a respeito deste assunto

— E o que deseja nos dizer?

— Na semelhança dos mortais nos foi dado o livre arbítrio, ou seja, o direito de escolher nosso próprio caminho diante da vida, portanto, sendo assim todos nós, teus Arcanjos exigimos que nos deixe segui-lo

— E o que propõe a este Tribunal?

— Nada iremos propor, apenas dizer que se de alguma maneira for determinada qualquer intervenção divina contra nossos irmãos na terra que resulte em suas mortes em defesa dos humanos nós iremos requerer deste Tribunal o direito de abdicar das nossas existências celestes para descermos à terra para prestar nossa ajuda contra os exércitos humanos e, se necessário, batalharemos contras qualquer ser celeste que tenham enviado para deter os Sobrenaturais

— Está, porventura, enlouquecido? Acha mesmo que vale a pena abdicar de suas atribuições divinas em favor de menos de uma centena de anjos rebelados?

— Ocorre, meu Senhor, que este reduzido número de anjos dos quais se refere são tão meus irmãos quanto as centenas de milhares que se encontram neste Reino. E sim, para mim e os demais Arcanjos concordamos que vale a pena ir resgatá-los mesmo que isso signifique nossa expulsão do paraíso

— Sabemos do imenso amor que tem pelos teus irmãos, do poder que a ti foi dado desde a tua criação, que se comunica telepaticamente com todos eles e sofre juntamente com suas dores, que nada iremos poder fazer para evitar que deixe este Reino e desça à terra para livrá-los das mãos de seus oponentes, porém, queremos alertá-lo de que ao sair daqui não poderás mais retornar nem fazer parte de nossos exércitos celestiais. Perderás tua posição como príncipe e líder dos Arcanjos que aqui permanecerem, outro tão poderoso quanto a ti será colocado em teu lugar

— Estamos mais que cientes disso, meu Senhor, mesmo assim estamos decididos a lutar em favor dos nossos irmãos

— Muito bem, serás conduzido á área de detenção juntamente com todos os demais Arcanjos que decidirem te seguir neste ato de rebeldia contra este Tribunal, entretanto terás o livre arbítrio de retirar-se deste Reino quando assim achar conveniente!

Miguel, juntamente com todos os seus Arcanjos foi levado por uma forte escolta de anjos Serafins para uma determinada ala de isolamento existente ali a fim de que tomasse sua ultima decisão que era atender as ordenanças divinas ou prosseguir com sua rebelião contra as determinações do Todo Poderoso. No mesmo instante outro Anjo foi convocado a comparecer diante do Tribunal Divino para receber instruções

— Gabriel, fostes convocado a comparecer diante deste Tribunal para que receba as antigas atribuições de honra, glória e poder que antes haviam sido dadas a teu irmão Miguel diante dos exércitos celestes. Como bem sabes ele rebelou-se contra nossas decisões e juntamente com centenas de seus anjos encontra-se isolado até que escolha seu caminho. Enquanto isso estamos dando a ti todo o poder que dantes somente pertenciam ao príncipe dos nossos guerreiros para reúna os que não se rebelaram e desçam imediatamente ao mundo dos mortais para combater lado a lado com os humanos contra a fúria dos Sobrenaturais e àquela que lidera a rebelião

— Sim, Meu Senhor, assim será feito!

— Até hoje você liderou como um príncipe apenas os Serafins, nossos mensageiros, agora irá conduzir o restante dos Arcanjos nesta batalha, tornando-se seu superior. Eles o seguirão por onde for e obedecerão a seu comando, nenhum deles se negará a ouvi-lo

— Sim, meu Senhor, eu compreendo!

Após receber as instruções do Altíssimo Gabriel reuniu todos os Arcanjos que não seguiram a Miguel na rebelião contra o Tribunal e desceu imediatamente para se unir aos exércitos humanos a combater contra os Sobrenaturais e eu, sua líder. Ele e Miguel foram criados pelo Pai, seu Filho e o Espírito a milênios de anos trás antes mesmo que o primeiro casal fosse colocado no Éden e Lúcifer se transformasse no Tentador

Mas, o fato de serem grandes amigos, irmãos e príncipes de seus exércitos não o impediria de cumprir cabalmente as ordenanças do Criador, pois era extremamente zeloso em obedecer às decisões divinas. Por natureza os Serafins são anjos pacíficos.

Foram feitos para cuidar dos seres humanos, atuavam entre o céu e a terra como mensageiros, levando e trazendo aos homens a resposta de suas orações. São os responsáveis, também, em guardar suas vidas, curá-los de suas enfermidades e conduzi-los em direção à luz.

Mas se necessário podem se inclinar a batalhar diretamente contra as forças do mal como verdadeiros guerreiros na semelhança dos Arcanjos.

Dessa forma, Gabriel passou a liderar também o exército de guerreiros celestes no lugar de Miguel, descendo à terra em defesa de seus moradores.

Ao ficar ciente de que seu amigo teria sido escolhido em seu lugar para atuar frente aos Arcanjos não rebelados Miguel se comunica com ele telepaticamente na intenção de tentar impedi-lo de agir contra mim e os Sobrenaturais, porém sem sucesso

— Você não pode fazer isso, Gabriel, são nossos irmãos! Como pode pensar em destruir aqueles com quem convivemos por milênios de anos em defesa do homem que sequer se mostram gratos ao que recebem de Deus?

— Me perdoe, meu amigo, sabes o quanto te amo e admiro, mas minha obediência e zelo ao nosso Criador me faz seguir indiscutivelmente as ordens que me foram dadas, sinto muito se isso te entristece o coração

— Sabes o que isso significa, não é irmão?

— Sim, que há uma enorme possibilidade de que em breve iremos entrar num forte confronto em defesa daquilo no qual acreditamos, eu no cumprimento do dever a mim confiado e você na rebelião que escolheu seguir

— Onde estais neste momento?

— A caminho do mundo dos mortais juntamente com aqueles que recusaram te seguir

— Nos veremos em breve!

— Estarei a sua espera, meu amigo!

Sexto Capítulo: Guerra Entre Deuses

No mesmo instante em que Gabriel descia para a terra no cumprimento de seu dever a fim de lutar ao lado dos mortais contra os Sobrenaturais Miguel e centenas de outros Arcanjos também optam em deixar voluntariamente o Reino Celestial e se dirigirem ao local onde os Serafins e os exércitos humanos travavam imponente luta contra os encarnados.

Ali ocorreria uma guerra jamais esperada entre anjos tão poderosos que até poderiam ser considerados verdadeiros deuses e o mundo mortal seria abalado por todas as suas extremidades por aquela liberação de poder que aconteceria durante tão imenso confronto.

Ao chegar na terra, particularmente na parte em que os homens e os Sobrenaturais se confrontavam, Gabriel e seus anjos presenciaram um derramamento de sangue sem medida tanto de um lado como do outro. Seus olhos encheram-se de lágrimas ao ver que ao invés de paz, amor e compreensão entre aqueles que deveriam se tratar como irmãos, lutando lado a lado contra as forças malignas que insistiam em dominar a humanidade, destruíam-se aumentando cada vez mais o poder de satanás num mundo dominado quase que completamente pelas trevas.

Nenhum dos dois lados estava contribuindo para o entendimento e a origem da paz mundial que era e continua sendo o maior propósito do Criador, mas mesmo com o coração cheio de pesar pelo conflito entre os homens teria que cumprir sua missão que seria deter o avanço dos Sobrenaturais contra os mortais naquela batalha infernal. Dessa maneira, como o bom soldado divino que sempre foi avançou sem hesitação.

Porém, quando já havia dado a ordem aos seus liderados para que entrassem em confronto direto contra seus irmãos encarnados e lhes tirassem seus corpos físicos mediante a morte o céu se abriu e de lá surgiu Miguel juntamente com seus Arcanjos dispostos a nos defender mesmo que para isso tivesse que ir de encontro com aqueles que um dia o seguiram em inúmeras batalhas contra o mal e seu melhor amigo.

— Miguel, por favor, não se coloque entre mim e estes rebelados!

— Não são rebelados, Gabriel, são nossos irmãos que concordaram em receber corpos físicos no objetivo de ajudar uma humanidade egoísta, arrogante, blasfema e mal agradecida que agora lhes perseguem até a morte, são Arcanjos como eu e os demais que te seguem, porém desprezados pelo Criador e entregues a própria sorte porque ele amou mais aos homens do que seus seres celestes!

— Não importam as suas razões, meu amigo, nosso dever como soldados do Altíssimo é cumprir cabalmente as ordens que nos foram dadas!

— Mesmo que estas ordens sejam injustas?

— Porventura estais acusando o Conselho Divino de cometer injustiças?

— E não está? Por acaso te mandar eliminar nossos irmãos em defesa destes humanos corruptos e sem dignidade não é um ato injusto?

— Cuidado com suas palavras, meu amigo, senão acabarás expulso do Reino e punido com tua descida ao inferno!

— Vejo que temes descer à escuridão, Gabriel, tens temor de ficar cara a cara com satanás!

— Sou um anjo mensageiro, Miguel, não fui preparado para confrontar o mal com espadas nem lutas, mas como vês recebi do Altíssimo o mesmo poder que antes pertencia somente a ti, hoje não tenho nenhum temor!

— Pois bem, então se acreditas mesmo que recebeste o mesmo poder que me foi dado desde minha criação deves vir contra mim e meus anjos, mostre-me se a ti também foi dado as mesmas habilidades que temos por travar batalhas contra as trevas desde milênios!

— Está certo, veremos isto! Entretanto te faço uma proposta: Iremos lutar apenas nós dois neste plano espiritual no qual nos encontramos, nem os encarnados ou os exércitos humanos estão nos vendo até este momento, portanto, se eu for o vencedor você reunirá seus anjos e retornará ao Reino Divino e me deixará cumprir minha missão sem qualquer interferência de sua parte, mas se eu for derrotado desistirei de combater nossos irmãos, me retirarei deste lugar sem importuná-los

— Terás mesmo a coragem de desobedecer às ordens dadas pelo Conselho?

— Em nome de nossa antiga amizade, do respeito que tenho por ti como o maior de todos os guerreiros celestes e do amor que arde no meu peito pela humanidade, sim, eu farei isso mesmo ciente das severas punições que me aguardarão a seguir

— Muito bem, meu irmão, proposta aceita!

Miguel sabia que mesmo tendo recebido do Conselho Divino o mesmo poder, outrora dadas a ele no momento de sua criação a fim de que se tornasse o maior entre todos os guerreiros celestiais, Gabriel não possuiria as mesmas habilidades por ele conquistadas no decorrer de todos os séculos de sua existência na luta contra o mal. Assim, ao aceitar o duelo já entendia de antemão que no final seria o único vencedor.

Deu inicio a peleja entre aqueles que poderiam ser chamados de dois deuses, enquanto duelavam os demais anjos que os seguiam dispostos a obedecer sem hesitar suas ordens assistiam o relampejar de suas espadas que ao se tocarem soltavam raios e trovões. Os dois gigantes em poder mediam forças um contra o outro no intento de levar cada qual a melhor no final daquela disputa e eram, também, assistidos pelo Altíssimo.

Ao enviar Gabriel para impedir o avanço dos Sobrenaturais contra os exércitos humanos na terra o Senhor Deus de todo o Universo já sabia que Miguel não iria assistir inerte tamanho massacre sobre seus amados irmãos, por essa razão lhe disse que se quisesse poderia sair do Reino quando quisesse a fim de cumprir seu intento. Deus é onisciente, sabe de todas as coisas que irão acontecer num futuro próximo ou distante, dessa maneira já previa que os dois anjos iriam disputar entre si.

Um estaria querendo cumprir sua missão em obediência ao Supremo, o outro em defesa de seus irmãos encarnados que estariam sofrendo injustiças. O verdadeiro objetivo do Pai Celestial era medir a altura e a profundidade do amor que ambos sentiam por seus irmãos, a obediência às suas ordenanças, a disposição em serem fiéis, bem como o zelo, tanto ao Criador como a sua mais importante Criação. Miguel revoltou-se ao ver que aparentemente Deus amava mais ao homem mortal que os seres celestes.

O mais poderoso dos guerreiros de Deus se sentia traído pelo seu Criador ao ver que para o mesmo os humanos pareciam ser mais privilegiados, a revolta diante disso ardia no seu peito, pois sabia o valor que possuíam como bravos defensores da luz, da verdade e do bem. Entretanto, o seu Senhor sabia de seu descontentamento diante de suas decisões, entendia sua dor, a mágoa que lhe corroía por dentro e lhe dava plena razão.

Então, se era assim, porque lhe confinou na ala de detenção juntamente com seus anjos e deu-lhe a opção de escolher entre descer a terra para defender seus irmãos encarnados, perdendo assim seu privilégio como o maior de todos os anjos sem o direito de retornar ao paraíso ou ali permanecer sem ajudar os Sobrenaturais que estariam sendo mortos pelos humanos? Certamente Miguel estava sendo colocado à prova.

Prova? Mais que prova seria essa? Durante muitos milênios de anos o príncipe dos Arcanjos se mostrou fiel, firme na sua índole, determinado em cumprir todas as ordenanças divinas, imutável, mas será que na semelhança do antigo Querubim Ungido não existia alguma falha no seu caráter que um dia o levaria a pecar contra seu Deus? Bem, se existia ou não o Pai Celestial já tinha conhecimento, mas e ele, Miguel, saberia? Pois aquela prova lhe revelaria sua maior fraqueza.

Quando Lúcifer recebeu maior glória de que todos os demais Querubins e foi colocado como o regente da Orquestra de Canto no paraíso, tendo nas suas mãos todo o poder e domínio sobre aqueles a quem liderava essa glória subiu-lhe a cabeça ao ponto de dizer que colocaria seu trono acima das nuvens e se tornaria como Deus. Esta sua arrogância de querer se assemelhar ao seu Criador lhe levou a cometer o maior de todos os pecados, condenando-o a uma vida de inferioridade na escuridão.

O objetivo do Tribunal Divino era exatamente mostrar ao príncipe de Deus suas características interiores, as mais profundas, exteriorizar suas forças e fraquezas, revelar sua verdadeira personalidade. Não que a Trindade Santa formada pelo Pai, Filho e Espírito Santo não às conhecesse, mas porque ele mesmo deveria conhece-las e se caso realmente existisse alguma falha que a corrigisse.

Os dois deuses continuavam a digladiarem-se com suas espadas flamejantes num plano espiritual sem que pudessem ser vistos pelo olhar humano para ver quem deles seria o vitorioso, enquanto isso na terra os Sobrenaturais liderados por mim massacravam os exércitos dos homens, destruía seus armamentos, reduziam a pó centenas de seus soldados, apesar terem algumas perdas durante o confronto.

Por fim a disputa entre os dois poderosos anjos chegou ao fim e como já era de se esperar foi Miguel o vencedor, Gabriel humildemente aceitou a derrota por entender que apesar de possuir naquele momento os mesmos poderes de seu oponente não tinha as mesmas habilidades que seu adversário havia adquirido durante centenas de anos ao atuar em defesa dos propósitos divinos.

— Reconheço que sua superioridade diante dos demais anjos divinos é indiscutível, meu amigo, portanto, como prometi irei me retirar juntamente com aqueles que me seguem de volta ao Reino do nosso Deus e relatarei a ele meu fracasso, dessa maneira de mim serão retirados os poderes que me foram dados e você voltará a ser o maior de seus irmãos

— Certamente serás punido por não ter cumprido suas ordenanças

— Não importa, no fundo não queria mesmo fazer nada disso

Os dois amigos sorriem e se abraçam numa breve despedida, Gabriel dá seu último brado de ordem aos que com ele estavam partindo em seguida rumo ao paraíso onde iria ser julgado segundo as regras divinas, recebendo depois disso a devida recompensa pela sua rebeldia. Miguel sem perda de tempo partiu em direção a terra para combater os exércitos humanos ao lado de seus irmãos encarnados, sua atuação seria invisível e determinante.

Ao surgir nas nuvens eu e meus outros parceiros de luta sentimos sua presença mesmo presos a nossos corpos físicos, porém aqueles a quem enfrentávamos nada perceberam. Ele, então, transmitiu a cada um de nós sua mensagem de apoio, fortalecendo nossa certeza de vitória, dando-nos maior confiança diante de nossos perseguidores dominados pelo poder e a fúria de satanás.

Repentinamente paramos de lutar e recuamos perante os inimigos e eles sem nada entender festejaram por acreditar que estávamos nos acovardando, entretanto o que de fato acontecia era que o nosso defensor nos havia ordenado a parar com a batalha, pois a partir daquele instante a luta seria apenas dele. Do alto onde ele se encontrava na companhia de centenas de Arcanjos ergueu sua espada fumegante e bradou em alta voz.

A terra estremeceu, o céu escureceu, raios e trovões puderam ser ouvidos e vistos pelos que na terra habitavam, era a manifestação do poder divino daquele poderoso ser celeste dotado de incomparável glória. No mais profundo local do reino infernal satanás também foi abalado e tremeu na base, sabia que se tratava de Miguel o príncipe do Deus Todo Poderoso, entendendo de súbito que seu domínio sobre os seres humanos havia chegado ao fim, pois a partir daquele momento já não poderia mais controlar suas mentes frágeis contra os filhos do Altíssimo.

Todos os soldados que formavam os exércitos humanos foram libertos da influência satânica, suas mentes deixaram de estar escravizadas, a perplexidade nos olhares deles era visível por não compreenderem as razões que lhes teriam levado a guerrear contra nós sem causa aparente. Cada um dos generais que sobreviveram ao massacre reuniu seus homens e retornaram a suas bases em diversas partes do mundo, a batalha terminou.

No local onde travamos aquela luta terrível restaram apenas inúmeros corpos espalhados pelo chão como saldo de uma guerra sem sentido e injusta, pois só queríamos ajudar a humanidade a se libertar do julgo de satanás, nosso pior inimigo. Miguel desceu das alturas para nos cumprimentar, muito me alegrei por revê-lo.

— Princesa, que bom poder te reencontrar depois de tanto tempo!

— Também me alegro em rever-te, meu amigo!

— Sinto muito pela demora e vir te ajudar, mas encontrei resistência tanto no paraíso como no plano espiritual que separa este mundo do nosso

— Enfrentastes as forças malignas no espaço sideral?

— Não, foi Gabriel

— Gabriel, o príncipe dos Serafins? Mas como e porquê?

— É uma longa história que em outro momento prometo te contar, mas agora preciso voltar ao Reino Divino para prestar contas com o Pai

— Confesso que não estou entendo nada dessa situação, mas agradeço pela ajuda que nos foi dada, viestes a mando do Altíssimo?

— Não, viemos por conta própria, eu e meus irmãos depois de ter me desentendido com o meu Senhor

— Ai, ai, isso não parece nada bom pra você!

— Não se preocupe com isso, saberei como resolver tudo

— Mas não é correto que tenha se complicado por nossa causa!

— Por você e meus irmãos farei qualquer coisa que seja necessário!

— Muito obrigado por tudo!

— Não tem porque me agradecer

Após me dá um forte abraço e ser exaltado por sua bravura e zelo por todos nós o Arcanjo voou de volta aos céus enquanto retornamos ao nosso esconderijo localizado nas imediações de onde travamos o confronto contra os exércitos humanos que se encontravam sob o domínio de satanás. Ali discutimos sobre quais seriam nossos próximos passos já que não poderíamos voltar para a mansão, nossa antiga base confiscada pelo governo, precisávamos reconstruir nossas vidas depois de tudo aquilo.

— E agora, Princesa, o que faremos?

— Agora que cessou a perseguição a primeira coisa a fazer é descansar, depois entrarei em contato com alguém que conheço a fim de que possamos ter novamente um lar onde passaremos a refazer nosso quartel general e voltaremos a ativa como os Sobrenaturais

— Pretende continuar a defender estes humanos ingratos da ação do mal depois de tudo o que eles nos fizeram — indagou um dos meus liderados

— Certamente que sim, afinal, se não dermos continuidade a missão que nos foi confiada qual será a importância de continuarmos nossas existências neste mundo? Porventura iremos viver como seres humanos comuns, casar, ter filhos, trabalha em algum local e parecer pessoas comuns?

— Eu gosto da ideia! — Murmurou outro

— Por favor, meus irmãos, parem com essa insanidade! Todos vocês são Arcanjos, seres dotados de enorme poder, como irão se adaptar a uma vida tão mesquinha?

— Estamos cansados de tanta perseguição, minha Rainha. Além do mais, quando perdermos este corpo físico e retornarmos para o paraíso seremos reduzidos a simples anjos que atuarão nas funções mais medíocres do Reino, pois o Pai não nos dará qualquer honra depois de termos fracassados em nossa missão na semelhança daqueles nossos irmãos que já desencarnaram antes de nós!

— Nós ainda não fracassamos! Lembrem-se que ainda estamos vivos, podemos contornar essa situação!

— Nos diga como!

— Recomeçando do zero, esquecendo todas as perseguições, dificuldades, obstáculos, refazendo a missão desde o princípio. Nosso Pai Celeste nos observa, sente o que sentimos e escuta nossos pensamentos porque é onisciente, tudo sabe. Ele entenderá nosso propósito em recomeçar, fazer as coisas certas, cumprir o que nos foi designado!

— A Princesa está certa, nosso Senhor tudo sabe e com certeza compreenderá este no propósito, devemos seguir seus conselhos — Me apoiou um deles

— Certo, iremos apoiá-la! — Concluiu outro

Sétimo Capítulo: Entre a Eternidade e a Paixão

Após tantas batalhas, guerras e pelejas entre homens e deuses que levaram o mais poderoso dos anjos celestiais a abdicar de seu lugar privilegiado diante do Trono Divino e se tornar um herege aos olhos do Todo Poderoso por considera-lo um rebelde e desertor, Miguel retorna ao Paraíso para prestar contas ao Pai por tudo o que havia feito, pois entendia que apesar de já ter seu destino traçado deveria dar explicações àquele que por milênios de anos serviu indiscutivelmente.

Dessa forma voou de volta ao Reino e ali se apresentou para receber a sentença final que seria pronunciada pelo Tribunal Divino, no entanto, para sua surpresa lhe fez companhia no julgamento o amigo Gabriel por também está sendo considerado um desobediente das ordens pelo grandioso Deus do Universo. Deu-se início ao julgamento dos dois príncipes celestes e Gabriel foi sentenciado a ficar na ala de isolamento por uma década de acordo com o tempo de contagem naquele plano espiritual, perdendo temporariamente o seu posto como líder dos Serafins e todos os demais privilégios. Em seguida foi a vez de Miguel que se fez ouvido pela Trindade Santa e teve suas decisões condenadas mediante a maneira em que acharam conveniente julgá-lo segundo as regras divinas.

"Seus atos de rebeldia contra nossas decisões quanto ao que deveria ser feito em relação aos seus irmãos na terra, quando em confronto com os humanos, foi bastante grave e este Tribunal decidiu bani-lo deste Reino por um século juntamente com aqueles que igualmente decidiram segui-lo deliberadamente naquele ato insano de rebelião. Sendo assim, ordenamos que sejam expulsos do paraíso e lançados na terra na forma humana.

Sem, no entanto, nascerem de mulheres, ou seja, já tomarão a idade adulta entre os homens e entre eles habitarão sem que possam envelhecer, tão pouco morrer, viverão cem anos na contagem da existência humana sem gozar de qualquer privilégio, terão que trabalhar conforme lhes for possível para obterem seus sustentos, sentirão cansaço, fadiga, todas aflições que as pessoas normais sentem, suas alegrias e tristezas.

As preocupações, dores, angústias e o desespero da alma. Junto a eles temerão os perigos da vida, as ameaças do tempo presente e futuro, serão perseguidos, caluniados, feridos, porém não lhes será possível alcançar a morte física até que o tempo que lhes está sendo designado por este Tribunal venha a expirar ou se cumprir completamente. Esta será a maldição que lançaremos desde agora a todos vocês que ousadamente escolheram em desobedecer às ordenanças divinas, indo contra a vontade Suprema do Pai."

Citadas estas palavras encerrou-se o julgamento e Miguel juntamente com seus companheiros foram banidos do paraíso e lançados rumo a terra, num piscar de olhos seus poderes como Arcanjos foram retirados e surgiram neste mundo cada um na forma física que foi conveniente receber do Senhor Deus do Universo, porém, ele não apagou suas memórias e recordavam claramente tudo o que lhes havia acontecido, inclusive estavam cientes do castigo recebido do Grandioso Senhor por seus atos insanos.

Dessa maneira passaram a seguir seus próprios destinos de acordo com a existência que lhes foram dadas pelo Tribunal da Graça a fim de que pagassem por seus pecados, entretanto, vale explicar que eles não foram colocados na forma humana com a possibilidade de habitarem no mesmo lugar, ou seja, cada um foi enviado a um país, Estado e cidades diferentes. Não sei exatamente explicar as razões, mas Miguel veio parar aqui comigo.

Talvez tenha sido porque éramos muito próximos, grandes amigos, não posso explicar claramente. Mas a verdade é que ele ocupou a forma humana de um lindo rapaz com aproximadamente uns trinta anos de idade e nos conhecemos por acaso num importante evento ocorrido na capital DA Inglaterra. Naquela época os governos já tinham aceitado novamente a atuação dos Sobrenaturais pelos quatro cantos da face da terra.

Nós formamos nosso quartel general e nos instalamos na mansão antes confiscada pelas autoridades e dali atuávamos em defesa da raça humana contra todo e qualquer tipo de ameaça proveniente das forças inferiores das trevas. Não foi difícil identifica-lo como sendo meu amigo Miguel, o príncipe dos Arcanjos, pois os poderes que a mim e aqueles que seguiam permaneciam ativos e me permitam ver o ser espiritual escondido dentro daquela forma humana.

Levei Peter, nome usado por Miguel como homem, para a mansão e ali lhe proporcionei alimento, agasalho e moradia durante todo o tempo que precisasse, entretanto, como sempre ele não se mostrava tranquilo ou satisfeito por pensar em como estariam sobrevivendo seus demais irmãos após terem sido encarnados na terra. Mesmo depois de ter lhe dado tudo o que precisava para uma estadia confortável e não deixando faltar qualquer coisa para sua subsistência neste mundo era clara sua insatisfação.

— Você me parece um tanto triste e preocupado, Miguel, lhe falta algo aqui conosco?

— Não, Princesa, tudo está de acordo com minhas necessidades e sou grato por seu apoio, mas entristeço-me pelos meus irmãos espalhados por diversas partes da terra sem que tenha notícias deles e de como estão sobrevivendo a tamanho castigo

— Sim, meu amigo, posso compreendê-lo claramente

— o pior de tudo é não saber exatamente onde estão, a forma física que cada um recebeu neste mundo e me sentir impotente para ajuda-los

— Acredita que seja possível a eles sobreviverem nesta realidade, visto que nunca conviveram na terra entre os homens antes?

— Pois essa é a minha maior preocupação, eu já vivi algumas encarnações antes, mas eles vivem essa experiencia pela primeira vez. O ideal seria que eu estivesse por perto para ajuda-los a compreender melhor este mundo e suas surpresas

— Acredito que haja alguma maneira de poder ajudá-los

— E qual seria se perdi todos os meus poderes?

— Eu posso reunir os iluminados e formar um exército de resgate que lhes ajuntariam pelos quatro cantos da terra e os trariam para cá, após reunidos lhes daríamos abrigo e exerceriam alguma atividade de acordo com a capacidade de cada um deles

— Sem poderes como seriam úteis aos Sobrenaturais e a missão que executam em favor dos mortais?

— Existem funções administrativas que necessitam de mão de obra humana específica as quais tomariam muito nosso tempo aqui na mansão, se pudermos atribui-las aos nossos irmãos encarnados seria bastante útil

— Muito bem, então como faremos isso, como localizá-los se não fazemos a menor ideia de onde estão nem a forma humana que receberam?

— Vou fazer uso de meus poderes para entrar em contato com os Sobrenaturais atuantes nos quatro continentes e lhes informar sobre a necessidade de localizar seus irmãos, eles certamente encontrarão uma maneira de encontra-los mesmo que estejam desprovidos de seus poderes como Arcanjos

— Acha mesmo que isso possa ser possível?

— Deve haver neles algum traço físico ou espiritual que os diferenciem das outras pessoas comuns

— Sim, você pode estar certa!

— Então seguiremos este caminho para conseguir localizá-los, farei contato com os Sobrenaturais telepaticamente e lhes informarei sobre esta nova missão

Naquela mesma manhã entrei num dos muitos aposentos existentes na mansão onde transformamos no nosso quartel general e me conectei com todos os nossos poderosos agentes que atuavam contra as forças malignas em defesa da humanidade por todas as partes, solicitando que os mesmos passassem a procurar pelos anjos encarnados na forma humana. Miguel permanecia mostrando-se contristado por não ser capaz de ajudar naquela busca por seus irmãos perdidos mundo má fora. Apesar de tentar confortá-lo pouco resultado obtive com meus muitos esforços.

Na realidade nada parecia satisfazê-lo sem que antes pudesse ver todos os seus irmãos protegidos e seguros ao seu lado e para isso eu precisava agir o quanto antes. Naquele mesmo dia solicitei aos Sobrenaturais que fizessem uma refinada busca pelos quatro cantos do planeta à procura de nossos irmãos. O resultado da procura foi excelente porque em poucas horas já obtemos boas notícias e os primeiros deles já haviam sido localizados.

— Trago-lhe boas notícias, meu amigo

— Localizaram nossos irmãos?

— Sim e alguns deles já estão a caminho de casa

— Que bom, Princesa, fico-lhe muito grato por tudo

— Que nada, esquece que também me tornei uma de vocês?

— Sim, mas a diferença é que agora fomos transformados em meros mortais

— Isso é apenas uma punição momentânea que daqui a pouco vai passar, afinal, o que é um século para quem viverá por toda a eternidade?

— Talvez não seja nada enquanto ser divino, mas como homem neste mundo parece uma eternidade

— Desculpe eu havia esquecido disso

— Bom, mas quanto tempo para que todos eles cheguem aqui?

— Tenha calma, não vai demorar muito

— Certo, espero que seja o mais breve possível

— O importante é que o pior de tudo já foi superado e agora eles estarão ao seu lado, poderão contar com sua proteção

Miguel se acostumou a proteger seus guerreiros como um verdadeiro líder, pois recebeu a missão de guia-los por milênios de anos. Como um guardião fiel e determinado ele lhes liderou por incontáveis missões nas batalhas contra as forças do mal, seu maior propósito sempre seria mantê-los seguros mesmo depois de ter perdido sua posição como príncipe e todos os seus poderes como um Arcanjo Maior.

Em poucos dias todos os anjos que haviam sido expulsos do paraíso juntamente com Miguel, ocupando a forma humana, já se encontravam presentes na mansão e num dia em especial foram reunidos numa das dependências para receberem cada qual uma nova função no setor administrativo de nosso quartel general. Por escolha própria eles decidiram que ficariam sob a liderança de seu príncipe o qual ainda reverenciavam.

— Muito me alegro por você meu amigo, vejo que seus irmãos ainda o veem como um líder

— Sim, princesa, você tem toda razão

— É algo merecido, pois mostra tão dedicado você foi na sua missão de lidera-los através dos séculos

— Concordo, Princesa

— Posso lhe pedir algo meu amigo?

— Por favor peça o que quiser

— Pare de me chamar de Princesa, deixe isso apenas para os Sobrenaturais, chame-me apenas de Luana

— Mas você ainda está a serviço dos céus como a Princesa dos Arcanjos

— Sim, mas não sou sua Líder, não precisa usar dessa formalidade

— Tudo bem, como preferir

Miguel estava contente por ter seus irmãos ao seu lado, pois assim podia novamente lidera-los e protege-los, entretanto, apenas uma coisa parecia lhe intrigar que era a condição física de cada um deles, porque durante séculos liderou anjos que apresentavam um aspecto masculino e agora estavam divididos entre homens e mulheres.

Na verdade, anjos não possuem sexo, mas aparentam um gênero masculino e liderar seres femininos lhe pareceu ser uma difícil tarefa. No entanto, para sua surpresa logo se adaptou a nova realidade e em pouco tempo havia superado aquele obstáculo. Mesmo em novos corpos os Arcanjos permaneceram conscientes de quem eram e do porque de estarem ali, assim, ficou fácil receber ordens de seu Senhor.

— Então, já superou as diferenças entre seus liderados?

— Sim, com certeza. Foi apenas uma preocupação boba, mas já foi superada

— Sabia que aqui na terra a maioria de nós, mulheres, temos dificuldades de sermos aceitas para assumir funções profissionais entre os homens por puro preconceito?

— Sério?

— Apesar de diversas leis que foram criadas a favor das mulheres a maioria dos homens ainda se limitam a pensar que somos um sexo mais frágil, incapazes, menos inteligentes e sem a menor competência que nos qualifique para assumirmos funções profissionais importantes entre eles, desde as Empresas privadas aos órgãos públicos, sem exceção. A maioria daquelas de nós que conquistam seus espaços o fazem com grande sacrifício

— Poxa, então eu agi igualmente a estes homens machistas e preconceituosos!

— Sim, meu amigo, infelizmente, mas você ainda não aprendeu nada do que este mundo medíocre oferece de ruim e certamente isso lhe torna digno de ser perdoado por ter tal atitude

— Que bom!

Durante meses atuamos juntos no combate às influencias malignas que assolam a terra e a vida da humanidade constantemente, os Sobrenaturais fazendo uso de seus poderes e Miguel, agora atendendo pelo nome de Peter, com sua equipe cuidando das funções burocráticas que envolviam o contato com os órgãos do governo e os departamentos de Inteligência que nos deixavam a par das mais recentes ameaças surgidas em redor do mundo.

Mas algo de inesperado começou a acontecer na nossa relação como amigos e parceiros contra o mal, passamos a conviver muito tempo juntos e isso nos aproximou além do previsto, causando uma forte atração física que colocou em risco nossa amizade.

Desde que nos reencontramos senti algo estranho dentro de mim, devido a intensa beleza nele existente fiquei abalada logo que o vi, meu coração acelerou, acabei toda arrepiada como nunca mais havia acontecido desde que conheci Richard durante minhas missões como agente da CIA.

Não sabia ao certo se ele também sentiu o mesmo por mim, mas tudo parecia indicar ser isto uma grande verdade, pois quando estávamos próximos um do outro ele não parava de me encarar com um olhar cheio de desejos. Talvez aquilo o deixasse perturbado porque achava ser algo maligno o fogo que ardia nos seus membros, era algo novo para ele.

Apesar de já ter encarnado outras vezes e vivido neste mundo na forma humana ele não me disse se durante esse tempo chegou a ter qualquer envolvimento íntimo com as mulheres, ainda não tínhamos conversado sobre isto. Os dias se passavam e eu me sentia cada vez mais atraída por aquele lindo macho que desfilava o tempo todo na minha frente ao executar suas atividades na mansão.

Durante as noites sentávamos numa das muitas salas da casa, conversávamos, bebíamos um bom e fino vinho, depois íamos dormir em nossos aposentos. Por sentir arder dentro de mim aquele forte desejo tornava-se quase impossível dormir pois o sono fugia de mim, dando lugar a uma insônia insuportável. Rolava de um lado pro outro na cama sem que houvesse jeito enquanto pensamentos eróticos corroíam minha mente, era algo que sufocava minha alma.

Apesar de ter me tornado uma semideusa do bem e recebido um poder soberano que me fez ser capaz de liderar seres dotados de força descomunal eu ainda era um ser humano com todas as características de uma mulher e todos os seus sentimentos. Igualmente a mim Peter, o mesmo Miguel, também herdou ao receber sua forma física as mesmas condições humanas, ele certamente tinha os mesmos desejos por mim mesmo que até aquele momento não os tivesse revelado claramente.

Numa das várias oportunidades que tivemos de conversar sobre nossas atuais existências, planos e projetos futuros para nós mesmos bem como aos Sobrenaturais nós decidimos comentar sobre o que de fato significávamos um para outro além da amizade que nos unia. Depois de uma longa conversa acompanhada de um delicioso vinho francês ele fitou profundamente meus olhos, deixando transparecer seu propósito de revelar seus segredos.

— Posso lhe perguntar algo bastante pessoal e íntimo?

— Mais é claro

— Sempre que estamos juntos percebo que nossos olhares se cruzam de uma forma diferente, cheio de admiração, com um encanto além do comum. Por acaso você tem por mim algum outro sentimento que não seja apenas amizade?

— Para ser franca e bem direta, sim, eu tenho mais que admiração por você e espero que esteja sendo correspondida a altura

— Nossa, quanta franqueza, vindo de uma mulher

— Não comece a agir como um machista preconceituoso

— Desculpe, não foi essa a minha intenção, simplesmente aprendi noutras vidas que o homem era sempre o responsável em se declarar para as mulheres e não o contrário

— Por favor esqueça o passado e foque-se no presente, estamos num mundo moderno onde homens e mulheres possuem direitos iguais

— Tudo bem, esqueçamos isso, voltemos a falar de nós

— Concordo. E então, você também se sente atraído por mim?

— Logicamente! Como não me afeiçoaria a uma mulher tão linda?

— Então que tal pararmos de perder tempo e comecemos a viver uma entrega completa e sem reservas?

— Demorou, não perderemos mais sequer um segundo!

Nos dirigimos aos aposentos de Peter e ali vivemos momentos de intensa paixão, onde somente as quatro paredes foram o limite de nossas loucuras.

Mas nem imaginávamos que teríamos que pagar um alto preço pelo direito de nos entregarmos um para o outro com toda a liberdade que pensávamos possuir, pois logo depois que permiti a Peter (Miguel) subir novamente até as nuvens — não como antes fazia, mas pela força do intenso prazer que lhe proporcionei na cama — retornei para meu quarto na mansão onde nos encontrávamos e ali recebi a visita de um velho conhecido.

Tratava-se de Rafael, um Serafim mensageiro que veio ao meu encontro com o alerta de que eu estaria sendo convocada a comparecer o mais breve possível no paraíso para que prestasse conta de meus recentes atos diante do tribunal Divino e, quando hesitei em acompanha-lo fui advertida de que recusar o chamado me sairia muito caro.

— Tudo bem, Rafael, então pelo menos me deixe a par das duras consequências que certamente terei de enfrentar

— É muito simples, Princesa, a Trindade está irada pela forma como vem se comportando ultimamente, principalmente pelos atos pecaminosos praticados hoje com nosso irmão Miguel, você o fez contaminar seu corpo físico no qual se encontra encarnado com os desejos imorais do sexo

— Está bem, eu admito meu erro, mas ele já é um homem feito e não posso assumir todo o pecado praticado sozinha, se eu quis ele também concordou!

— Isso será o Tribunal quem decidirá

— Vem cá, quer dizer que é para isso que existe o céu, Deus, a eternidade, na finalidade de ficar julgando e condenando as pessoas porque buscam satisfazer suas vontades nesta vida? Se fazer sexo é um pecado tão grave então porque o Criador deixou isso para a raça humana?

— Na verdade o sexo a princípio não foi criado da maneira como se faz nos dias atuais, era santo e sem mácula alguma. Somente depois que satanás convenceu o primeiro casal a desobedecer a ordem dada a ele pelo Criador permitindo a entrada do pecado neste mundo que surgiu a paixão pela iniquidade em todas as suas formas possíveis no coração do homem, como se vê hoje, levando-o a desonrar seu corpo nesta devassidão sem fim

— Entendo, mas temos que pagar pelos erros cometidos por nossos primeiros pais no passado? Porque se analisarmos bem não temos culpa se eles foram desobedientes na sua época, estamos vivendo a milênios de anos a frente deles e é injusto que sejamos punidos pelo que não praticamos

— Acontece aos olhos do Criador toda mulher é uma Eva e todo homem é um Adão, como se toda a humanidade estivesse resumida apenas nestas duas pessoas e perante seus olhos ainda estão na mesma condição de desobediência. Além disso, não esqueça de que por amor a sua maior criação na terra ele deu a vida de seu único Filho na cruz para perdoar todos os pecados de uma humanidade egoísta, orgulhosa e incapaz de agradecer seu gesto de misericórdia preferindo seguir seus próprios instintos sem considerar sua infinita paciência com suas frequentes rebeldias. Por isso agora ele não dará mais tempo para que se arrependam, pois é chegada a hora em que todo aquele que pecar pagará por suas iniquidades a começar pelos que fazem parte do seu Reino neste mundo.

— Compreendo, sendo assim vamos lá, pois quero logo resolver essa questão e voltar a exercer minhas obrigações por aqui

— Sinceramente não sei se isto ainda será possível minha Princesa

— E porquê não?

— Porque me parece que a punição que lhe será aplicada mediante a gravidade de seus erros será a perda de todos os seus poderes divinos que outrora lhe foram dados por aquele Conselho Celeste

— Mas que bando de filhos da puta!

— Cale-se, mulher! Tens ideia do que acabou de falar? Esquece que o Pai nos vê e ouve todas as coisas?

—Não estou nem aí, Rafael, se o que acabou de dizer for verdade já estou fodida mesmo!

A santidade do Serafim mensageiro o impedia de ouvir tais palavras, era uma grande ofensa ao Pai e a si mesmo, porém sei que ele compreendia minha revolta. Caramba, se eles não queriam que Miguel se envolvesse sexualmente com alguma mulher na terra porquê lhe deram um corpo físico, tiraram seus poderes, reduziram sua pureza como um anjo a nada e lhe permitiram sentir os mesmos desejos que qualquer ser humano sente?

Tremenda sacanagem aquilo, o coitado ficou frágil e ainda tinha que ser forte para resistir as tentações dessa vida, como explicar tamanha provação? Pois é exatamente o que acontece com qualquer um de nós, nascemos contaminados pelos pecados de nossos primeiros pais, somos tentados pelo inferno vinte e quatro horas, satanás nos induz a todo tipo de maldade, as trevas envolvem o mundo onde vivemos enquanto a luz repousa lá em cima e ainda temos que nos esforçar para não pecarmos.

Talvez eu devesse ir mesmo ao paraíso encarar aquele Tribunal e lhes falar certas verdades que ninguém no decorrer de tantos séculos parecia ter tido a coragem de dizer. Nós seres humanos somos uma raça condenada a nascer, crescer, morrer e descer ao inferno, sem direito algum de reclamar.

Fui transladada juntamente com o Serafim e levada em espírito até o terceiro céu onde ali se encontravam os três seres divinos que formavam a Trindade Santa para por eles ser interrogada e julgada conforme lhes parecesse melhor. Em minha defesa restava apenas minhas próprias palavras e explicações que de certa forma não seriam aceitas por quem se achava perfeito demais para considera-las.

— Vejo que dessa vez não hesitou em seguir o mensageiro e vir até nós

— Não vejo porque deveria ter recuado, sabem muito bem de minha postura, não sou de fugir de minhas responsabilidades

— Muito bem, então já deve estar ciente das razões pelas quais lhe intimamos para que se fizesse presente diante deste Tribunal

— Certamente que sim, portanto, sejam breves porque tenho muito o que fazer lá em baixo

— Desculpe-nos pela sinceridade, minha querida, mas achamos que a partir de agora você não terá mais nenhuma atuação a favor deste Reino lá embaixo. Devido suas recentes práticas de desobediências e atos imorais praticados ao lado de um de nossos príncipes celestes, o qual foi expulso do paraíso e condenado a viver por dezenas de anos na terra na forma humana.

 Sem poderes nem qualquer benefício celestial por agir em propósito próprio, egoísta e não considerar nossos conceitos superiores, este Conselho lhe sentencia a retornar ao seu mundo sem qualquer honra, glória ou dádiva que antes lhe proporcionamos, vivendo como uma simples mortal entre os homens. De hoje em diante perderás o título de Rainha dos Arcanjos, voltarás a ser Luana, a Agente, com suas habilidades adquiridas através de teus próprios esforços os quais não temos o direito de exclui-los!

— Se esta é a decisão deste Conselho que se julga acima de tudo e de todos não posso ir contra, mas peço-lhes pelo menos o direito de expressar minha opinião sobre tamanha injustiça!

— Como ousas pronunciar tamanho insulto ao Senhor de toda a terra? — repreendeu-me um dos anciãos presentes

— Perdoem-me, anciões, mas se a nós foi dado o livre arbítrio porque estou sendo julgada indigna de servir a este Reino pelos atos que deliberadamente decidi praticar? Se o sexo é pecado, então porque nos foi dado como forma de buscar prazer para nossos corpos? Se ainda no Éden nossos primeiros pais tinham a opção de escolher entre o bem e o mal e a escolha feita foi seguir os conselhos da serpente, porque ainda hoje seus descendentes pagam por sua desobediência, quando diante deles se abriram duas portas e dois caminhos para que fizessem suas próprias escolhas? Se fomos criados apenas para louvor e adoração de nosso Criador, se o principal objetivo era uma obediência cega, sem a opção de opinar no que realmente queremos, então pra que nos dá livre arbítrio e nos mostrar tantos outros caminhos a seguir?

— Sua insolência não tem medidas, desde que nasceu sabíamos que jamais seria domada, pois é incapaz de se adaptar a qualquer forma de liderança, domínio ou comando superior. És rebelde por natureza!

— Minhas atitudes não revelam qualquer forma de rebeldia, meu Senhor, mas a ansiedade em compreender como julgam nossos pecados e defeitos oriundos de nossa natureza imperfeita se assim fomos criados desde que o pecado dominou este mundo. Porque, então, nos julgam?

— Julgamos vossas iniquidades porque estamos acima de tudo e de todos

— Sim, vocês se consideram os seres mais perfeitos do Universo, os mais santos, mais justos e mais misericordiosos e talvez realmente sejam, mas será que a justiça realmente prevalece nos seus constantes julgamentos? Por exemplo: é muito fácil para os seres celestiais não pecarem, pois já foram criados santos, sem sexo, sem desejos ou qualquer meio de se contaminarem com aquilo que o mundo lá embaixo oferece. Mas, e nós seres humanos como faremos para não tropeçarmos nas nossas próprias fraquezas? É justo que seres tão puros nos acusem de pecar quando estão numa posição espiritual privilegiada em relação a nossa personalidade caída e desprovida de qualquer força ou poder de nos manter distantes do mal se ele habita em parte dentro de nós?

— Suas palavras não passam de meras desculpas de quem ama o pecado!

— Se a natureza humana ama pecar é porque assim fomos formados desde o ventre de nossas mães, se porventura os senhores também pudessem sentir o que sentimos certamente optariam em experimentar os mesmos desejos impuros que buscamos durante nossas existências!

— Por acaso está afirmando que nós em algum momento iriamos nos sentirmos atraídos pelo mal? Achas mesmo que de alguma maneira as trevas poderiam nos dominar? Estais enlouquecida, mulher?

— Acredito, sim, que se saíssem desse pedestal e descessem a terra para se revestirem de corpos mortais iriam ceder aos instintos humanos igualmente fazem todos os seres humanos

— Mas eu já fiz isso, quando encarnei como o Cristo e não cedi a tentação de satanás!

— Existem controvérsias na terra quanto a isso, meu Senhor!

— Sim, alguns insistem em afirmar que me envolvi sexualmente com Madalena, aquela de quem expulsei vários demônios e perdoei seus pecados, mas isso é uma grande inverdade!

— Pode ser, mas quem pode nos garantir do contrário?

— Eu posso! Pois se de alguma forma meu Filho cometesse qualquer tipo de iniquidade durante sua estadia entre os homens seu sacrifício pela humanidade seria rejeitado por esse Tribunal e a missão de salvação comprometida!

— Eu fui enviado para auxiliar o Filho na sua jornada como Salvador dos homens mediante seu sacrifício no Calvário, como Espírito Consolador lhe dei forças para suportar a dor e a fadiga do martírio, sou a prova viva de que em nenhum momento ele falhou na sua caminhada rumo a cruz!

— Certo, se todos afirmam serem as coisas dessa maneira não serei eu, simples mortal, quem duvidará, mas o certo é que se o Senhor não falhou não quer dizer que um anjo como Miguel iria ter o mesmo resultado

— Miguel falhou como homem porque desde que desceu e reencarnou abdicou da comunhão conosco, parou de orar, de buscar sua santidade, abdicou da fé, se entregou a sua forma humana e o mal lhe enfraqueceu

— Vocês tiraram seus poderes, transformando-o num simples mortal!

— Sim, mas se tivesse mantido sua comunhão com este Reino através da fé e oração não teria sido vencido por seus desejos carnais

— Ele foi vencido porque vocês o abandonaram a própria sorte diferente do que fizeram com o Filho que podia contar cem por cento com a proteção do Espírito! Miguel se viu indefeso, despreparado, sozinho!

— Não seja ingênua, mulher, Miguel já havia encarnado na terra outras vezes e foi capaz de cumprir sua missão sem se envolver intimamente com as mulheres nem ceder as paixões! Você foi e continuará sendo a razão de seu fracasso, já sabíamos que ele te entregou seu coração mesmo antes de perder toda a sua glória de Arcanjo e ser lançado na terra na forma humana

— Talvez estejam certos, mas que maldade há num ser celestial se apaixonar?

— A paixão é uma fraqueza pertencente apenas a alma humana, um anjo na posição de Miguel não poderia ter sido dominado por um sentimento tão mesquinho!

— Se vocês acham esse sentimento tão vulgar, então porque permitiu que existisse em nossos corações?

— Na verdade o que criamos dentro do homem foi o amor, completamente puro e sem qualquer vínculo com as paixões carnais. Somente depois que os vossos primeiros pais deram ouvidos a satanás, seguindo seus conselhos é que o pecado nasceu e despertou no homem os desejos pecaminosos em forma de paixão. Este tipo de sentimento desperta a imoralidade sexual em suas variadas formas na humanidade, o ciúme, a inveja, a luxúria, a ambição pelas riquezas materiais, as disputas em diversos âmbitos da existência, é o oposto do verdadeiro amor e de nossos propósitos para o homem

— Então faz parte da maldição que herdamos desde o Jardim, é uma das facetas do pecado?

— Sim, e quem por ela é dominado comete diversas formas de iniquidades e se afasta da luz, sucumbindo-se nas trevas espirituais

— Fomos criados a imagem e semelhança de um Deus que hoje só julga nossas fraquezas, dele nada herdamos. Até parece que somos imagem e semelhança de satanás, pois é dele toda a nossa essência como pecadores dignos do inferno!

— Sim, toda a humanidade vive escravizada e presa nos grilhões do pecado, arrastada pelos desejos eróticos, carnais, imundos que satanás plantou em seus corações. Concordo com seu ponto de vista, o homem é mesmo mais digno do inferno que do paraíso e traz como herança maior característica satânica do que de seu Criador

— Então porque não desiste logo de uma vez e nos deixa viver em paz com nossas fraquezas e iniquidades? Parem de nos julgar, deixem de nos castigar por tudo de errado que fazemos, pois não temos culpa se colocaram duas portas abertas diante de nossos primeiros pais e eles escolheram a pior de todas que acabou fodendo todas as gerações! Nessa história toda nós somos as vítimas e vocês nossos carrascos, nada mais que isso!

— Não iremos mais permitir sua insolência neste lugar santo, esta reunião está encerrada. Você retornará ao seu mundo imperfeito, sujo e imoral sem seus antigos poderes, está destituída de sua posição como Princesa dos Arcanjos, proibida de retornar a este Reino. Viverá na terra como um mortal qualquer e depois que desencarnar descerá ao inferno de onde jamais deveria ter sido tirada, pois é e será sempre indigna de habitar na luz! Após este Tribunal se desfazer serás transportada ao corpo físico que repousa nos teus aposentos de onde fostes tirada, porém, ainda te recordarás de tudo o que foi dito neste lugar para que não esqueças da punição a que serás submetida de agora em diante até que todas as décadas se cumpram na tua existência, neste período nem mesmo tuas orações serão ouvidas!

Final: Retorno ao Lar

Após ser expulsa do paraíso e perder todos os meus poderes juntamente com o título de Princesa dos Arcanjos retornei a terra, despertando no exato local onde antes repousava, fiquei extasiada por alguns minutos sentada à beira da cama e em seguida levantei-me, indo aos aposentos de Peter para lhe relatar tudo o que havia acontecido.

— Que coisa terrível, querida, então pelo simples fato de nós nos amarmos eles te exoneraram da missão mais sublime aos olhos do Altíssimo que é resguardar a raça humana dos ataques feitos pelas trevas?

— Sim, e ainda retiraram todos os poderes que antes haviam me dado. E agora como vou poder continuar liderando os Sobrenaturais se não possuo a menor força para que me vejam como uma verdadeira líder comandando seus feitos neste mundo?

— Tens a preocupação de que agora eles rejeitem sua liderança pelo fato de ter voltado a ser uma simples mortal?

— Mais é lógico que sim, Peter, nenhum ser que detenha tais poderes irá querer se submeter às ordens de um mortal! Mesmo que me sejam totalmente fiéis, respeitando meu comendo, irão mudar de opinião.

— Na minha opinião você parece estar se precipitando antecipadamente sem que antes tenha ouvido o que cada um deles tem a dizer a respeito.

Sobre essa repentina mudança, reúna o grupo, explique o que sucedeu e depois a gente vê no que vai dá

— Tá certo, você já foi o líder maior deles e deve conhece-los melhor que eu, farei como está me orientando

— Faça isso, não se precipite em julgá-los antes do tempo

Na manhã seguinte convoquei tanto os Sobrenaturais presentes na mansão como aqueles que atuavam em várias partes do mundo — pois com seus poderes eram capazes de se teletransportar em segundos para onde quer que quisessem — e nos reunimos no auditório que foi construído para momentos como aquele, onde ali expus sobre o que ocorreu na noite anterior. Depois de ouvirem os detalhes do acontecimento se manifestaram a favor de que eu continuasse no comando mesmo sem meus poderes

— Acreditamos na sua capacidade de nos liderar nessa longa jornada na peleja contra as forças satânicas que assolam este planeta, você já nasceu preparada para lutar e vencer mesmo antes de receber os poderes concedidos pelo Todo Poderoso, de alguma maneira ele te escolheu para nos liderar. Então, mesmo que não possua mais as credenciais divinas de ser nossa Princesa, assim como Miguel perdeu o direito de ser nosso Príncipe, entendemos que vocês dois são os mais capacitados para continuarem em tais posições

— Fico grata pela imensa confiança que demonstram ter em nós dois, mas como pretendem permanecer sob nosso comando se sem nossos poderes não somos mais capazes de nos comunicar telepaticamente? Será impossível mantermos uma boa comunicação, guiar os encarnados sem seus poderes nas batalhas e orientá-los nos combates

— Pensamos neste detalhe. A solução é deixar um de nós aqui com vocês de forma permanente para que dessa maneira ele ouça suas ordens e as passem para nós telepaticamente

— Sim, essa é uma ideia genial! — Concordou Peter

— Certo, então faremos assim, mas quem dentre vocês estará disposto a abrir mão da aventura de combater o mal lá fora para ficar preso conosco nessa mansão?

— E quem disse que ficaremos totalmente presos nesta casa, Luana, poderemos criar uma Agência de Inteligência nos moldes da CIA, FBI que possa manter nossos agentes dotados de poderes especiais atinados com os mais recentes ataques das trevas por todas as partes do mundo, assim, eles poderão atuar com maior eficácia e destruir os planos do Maligno contra os seres humanos na face da terra

— Genial, meu amor, você é demais Peter!

— Então estamos combinados, retornem cada um a seu ponto de atuação e daqui lhes informaremos das novidades, iremos criar imediatamente nossa Agência de Inteligência e juntos passaremos a trabalhar contra as forças malignas, vocês farão uso de seus poderes para destruir aquelas ameaças que não sejamos capazes de lidar como seres humanos, por outro lado, iremos combater o que representa uma ameaça sutil diante da imensa força sobrenatural que possuem

— De pleno acordo, Princesa, e não se preocupe porque ainda lhe somos fiéis, sua liderança continuará a ser respeitada pelos Sobrenaturais

— Obrigada OTONIEL, fico muito grata a todos vocês pelo respeito e confiança que depositam em mim

Após ter sido criada a agência da qual fazíamos parte se tornou mundialmente conhecida pelos seus grandes feitos em favor da paz mundial, todos os mais importantes governos passaram a nos apoiar, incentivar, fornecer todo e qualquer tipo de cooperação nas operações que realizávamos, passamos a ser reconhecidos como os mais destemidos defensores da lei e da ordem.

Nem mesmo os demais órgãos governamentais de defesa eram páreas para nós o que levou dezenas de agentes a quererem deixar suas agências para se unirem a nós no combate do mal, porém, não concordamos em recebe-los para que dessa forma não viéssemos a comprometer a pureza de nossas ações cuja força maior era proveniente do Altíssimo por amor a sua maior Criação, não apenas pela visão distorcida de justiça vinda do homem.

Treinamos a finco todos os demais Arcanjos encarnados que habitavam na mansão onde possuíamos um enorme ginásio com os mais modernos equipamentos para moldar seus corpos físicos, uma academia de tiro ao alvo para treinar e aperfeiçoar uma mira perfeita, variados estilos de lutas para defesa pessoal e tantas outras coisas que os tornaram agentes quase invencíveis, fazendo toda a grande diferença. Diante de tamanho progresso nossa Agência cresceu tanto em eficiência como em prestígio.

O que de certa maneira nos deu a oportunidade de alcançar uma extensão territorial global, alcançando ás Américas e Europa, chegando ao Brasil onde fundamos nossa base de atuação num local privilegiada com o total apoio do Governo brasileiro, porém eles não sabiam que como nossa principal meta era combater a corrupção mundial iriam ter muitos problemas conosco, pois tão logo passamos a atuar em nossas investigações descobrimos que satanás tinha colocado seu trono naquele país.

Nosso Centro de Inteligência estava localizado na Capital Federal onde iniciamos nossas investigações para identificarmos possíveis focos de criminalidades contra a sociedade em todos os seus aspectos. Eu e Peter fizemos questão de nos fazer presentes ali desde da inauguração até o iniciar dos primeiros trabalhos o que facilitou em muito a experiência investigativa dos novos agentes.

Ficamos perplexos ao ver que o Brasil havia se tornado o centro mundial da corrupção política e social, realmente as portas do inferno haviam se aberto para o maior país da América do Sul, o Diabo criou um núcleo de influência satânica que estava localizado debaixo dos prédios dos Três Poderes situados em Brasília e dali comandava o restante da nação através do controle telepático das mentes dos Governo e demais congressistas.

Tanto o presidente da República como os senadores, deputados, juízes do Supremo Tribunal e todos os que possuíam o poder de criarem leis para as diretrizes da sociedade estavam corrompidos e com suas mentes tomadas pelas forças das trevas, levando o país a um desequilíbrio moral e espiritual sem precedentes, o povo brasileiro mais que outros estavam dominados pelo mal pela influencia que a escuridão tinha sobre seus representantes legais, as autoridades como um todo incentivava a população ao mal.

Dessa forma tomamos a decisão de investir pesado no combate as potestades que andavam livremente pelos corredores dos Três Poderes que comandavam o país a fim de que as forças malignas de satanás fossem detidas e o povo brasileiro libertos da escravidão espiritual em que viviam. Ficamos abismados de perceber como um povo se submete às normas criadas por políticos corruptos, ambiciosos e sem qualquer vínculo com o Criador, criando e dando a eles leis fermentadas por conceitos errôneos.

A nação brasileira encontrava-se num estado de calamidade moral tão grande que dava pena só de ver, em nenhuma outra parte do mundo a imoralidade sexual havia crescido tanto como ali desde que os representantes legais da lei permitiram a união entre pessoas do mesmo sexo, apoiando vergonhosamente a homossexualidade como se tal coisa fosse algo natural dos seres humanos.

Se já não bastasse a imensa onda de corrupção entre seus governantes que roubavam bilhões dos cofres públicos a nação se perdia em seus novos conceitos morais presos a uma existência pautada numa imoralidade sexual sem medida que transformava minha pátria no próprio reino das trevas. Se satanás possui seu trono instalado em alguma parte da terra certamente este lugar deveria ser no centro dos Três Poderes em Brasília.

Começamos a investigar e descobrimos que os políticos brasileiros faziam parte de um esquema de corrupção que envolviam empresários bem como muitos outros setores da sociedade num esquema bilionário que desviavam inúmeros recursos dos cofres públicos, beneficiando àquela quadrilha de criminosos que levavam uma vida regalada em conforto e extravagancias às custas dos contribuintes formados por cidadãos que pagavam pesados impostos.

Daí a ideia de criar uma força tarefa formada pela Polícia Federal, chefiada por alguns de nossos agentes disfarçados para que pudessem encontrar provas concretas contra tais corruptos afim de desmascará-los e no final coloca-los na cadeia onde pagariam suas dívidas com a sociedade. Através da grande influência que tínhamos no atual governo nós conseguimos que um dos nossos fosse indicado a diretor da PF que passou a atuar nas investigações que nos levariam a prender os estelionatários.

Com as falsas credenciais de ser um renomado juiz ele assumiu o posto de onde comandava todas as operações mais sigilosas e em pouco tempo já tínhamos em mãos provas suficientes para detonar o cartel de criminosos, então sem perda de tempo passamos a desmascarar e prender os tais membros da organização criminosa. Primeiramente caíram os peixes menores, depois os médios e por fim o próprio governo brasileiro.

Nós conseguimos provar na Justiça que eles desviaram bilhões dos cofres públicos e isso acabou por leva-los para a cadeia, onde permaneceram por um tempo, quando novos representantes do povo foram eleitos e assumiram a política nacional, mas nossa vitória durou pouco, pois, quando pensávamos ter colocado fim à corrupção no Congresso Nacional e nos demais setores do governo nos desapontamos ao ver que nada mudou.

Pois os novos candidatos eleitos pelo voto popular eram mais corruptos que os anteriores e tão logo assumiram o poder passaram a dar continuidade aos atos corruptos dos que lhes antecederam, dando início a um período de maior insegurança, afetando todas as camadas sociais com o declínio da economia que deixou mais de vinte e cinco milhões de pessoas desempregadas, acesso a saúde e educação. Como retaliação o Diabo influenciou suas mentes para que se voltassem contra nós.

E exigiram o fim de nossas operações no país., ordenaram que todos os recursos disponibilizados para nossa atuação fossem cancelados, as trevas queriam que fôssemos banidos e nunca mais pudéssemos voltar a agir contra suas investidas nesta parte do mundo. Porém, teimosa como sou com o hábito de jamais desistir de meus propósitos me neguei a aceitar tamanha afronta e desafiei os políticos e juízes corruptos brasileiros, pois possuía dinheiro e poder suficiente para prosseguir na luta conta o mal sem eles.

Passamos a ser citados pelos tais como uma organização antigoverno, inimiga da lei e da ordem, formada por pessoas contra a democracia e sem interesse algum de contribuir para o bem da nação. Muitos dos brasileiros aceitaram as acusações infundáveis de nossos inimigos, passando a nos difamar e perseguir nas redes sociais, em passeata pelas ruas em forma de protestos, outros nos apoiavam, defendendo que continuássemos atuando.

Dessa maneira deu inicio a uma guerra fria entre nós e os Três Poderes dominados pela corrupção, do reino das trevas nosso maior inimigo, satanás, guiava as autoridades brasileiras a nos perseguir, diversas vezes fomos atacados, alguns presos e torturados, usaram de todas as formas de intimidação, mas não conseguiram nos deter porque nossa força estava em um Deus poderoso que apesar de tudo ainda nos ajudava em secreto.

Com muita luta e um esforço em conjunto conseguimos levantar o tapete da escuridão e revelar não somente ao Brasil, mas também ao mundo inteiro a podridão que existe até hoje em todos os que lá governam e pudemos desmascarar muitos nomes importantes, colocar alguns deles atrás das grades, entretanto parece que o inferno firmou de fato seu trono maligno naquele lugar e por mais que denunciemos, prendemos, condenemos tais corruptos outros vem e assumem seus lugares.

Isso sem levar em conta que se colocamos um criminoso na cadeia depois de destruirmos sua linha de atuação contra a sociedade, seja um simples assaltante, traficante ou grandes nomes da política nacional vem um juiz dominado pela ambição e ordena que sejam soltos mediante o recebimento de altas propinas pagas pelos acusados. Não há noutra parte deste vasto planeta lugar onde haja juízes mais comprometidos com satanás e seu reino do que no Brasil, certamente todos eles descerão ao inferno.

Temos resistido a todo tipo de perseguição, nunca desistimos desde que passamos a enfrentar o poder demoníaco que atua neste lugar influenciado pelas trevas, eu e Peter nos mantemos implacáveis sem jamais recuar. Os demais agentes também se mostraram dignos de permanecerem ao nosso lado, temos muito orgulho deles. Nossas Agências espalhadas mundo à fora estão progredindo além do esperado, somos um grande sucesso.

Infelizmente perdemos o poder e a capacidade de enfrentarmos o poder do mal diretamente numa batalha espiritual, sequer podemos visualizar os demônios que estão alojados meio aos governantes desta pobre nação para que pudéssemos expulsá-los à base de chutes e pontapés, somente os Sobrenaturais tem esse dom e nos informam onde estão atuando num dado momento, entretanto para travarmos um combate teríamos que vê-los.

Nós recebemos relatórios das conquistas alcançadas por nossos agentes espalhados por todo o mundo e percebemos que a decisão de não desistirmos de nossa missão apesar de já não poder contar com a ajuda divina foi acertada. Eu, Miguel e os demais arcanjos fomos expulsos do paraíso e condenados a viver por um século na terra sem nossos poderes, transformados em meros mortais com a maldição de não morrermos até que se complete o ciclo da existência que a nós foi dada como castigo.

No entanto nós prevalecemos e aqui estamos enfrentando o mal, fazendo uso apenas de nossa fé, força e coragem. Depois de tantos anos vivendo no exterior, meio a pessoas de fala e costumes diferentes, ter sido uma líder de guerra, agente número um da maior Agência de Inteligência do mundo, ter recebido a honra de ser arrebatada até o terceiro céu e ser coroada a Princesa dos Arcanjos, o maior e mais importante dos exércitos celestes, agora retornei ao meu país de origem e me tornei sua defensora.

Sei que muitas décadas ainda restam para que nós possamos finalmente deixar estes corpos físicos e finalmente descansar de nossas dores, mas enquanto isso não acontece pretendemos continuar na peleja contra as influências malignas que assolam esse planeta. Não sabemos se de um momento para o outro nosso Pai Celeste decidirá perdoar nossas rebeldias, devolvendo em seguida nossos poderes, mas temos esperanças.

Enquanto esperamos para ver no que vai dá lutamos contra as dominações malignas deste século, combatendo a violência, a corrupção, maldade humana e o declínio moral que tanto causam as trevas sociais que levam a humanidade às cegas em direção ao abismo espiritual. Naquela tarde chuvosa de inverno enquanto conversávamos numa parte localizada num dos andares da nossa nova sede, lembrávamos o passado.

— Parece que foi ontem que nos conhecemos, Miguel

— Por favor, meu bem, combinamos de usar nossos nomes como humanos, lembre-se que não somos mais o que antes fomos

— Você tem razão, hoje não passamos de meros mortais e devemos nos tratar como tais

— Fui Miguel, o maior e mais importante dos guerreiros celestes, mas isso ficou para trás. Bem, pelo menos até que completemos nosso castigo e voltemos a ter o merecimento de retornarmos ao paraíso

— É, pelo menos você ainda possui essa esperança, já eu...

— Como assim? Por qual razão você diz isso? Por acaso crê que o Pai irá rejeitá-la?

— Não tenho a menor dúvida!

—Por favor, não seja pessimista!

— Quando fui banida do paraíso o Senhor disse que eu iria viver por um século no mundo dos mortais e depois que desencarnasse desceria ao inferno sem a menor possibilidade de ser novamente recebida no seu Reino

— Isso foi apenas porque ele estava chateado com você

— Não creio, ele não parecia estar brincando

— Luana, Deus é amor e sabe perdoar não importa quantas vezes forem necessárias

— Veremos, mas não estou muito otimista quanto a isso

— Sabe, estive pensando numa coisa

— Sobre o quê pensou?

— Se vamos viver décadas juntos porquê não nos tornamos um casal?

— Você quer dizer nos casarmos oficialmente, ter filhos, formar uma família e tudo o mais?

— Claro, e porque não?

— Está louco, já pensou em todas as consequências que essa decisão traria a Agência e aos agentes?

— Como isso poderia trazer consequências nocivas a Agência?

— Todos os encarnados que atuam sem seus poderes sobrenaturais na Agência iriam seguir nosso exemplo e querer casarem-se como tivermos feito, não esqueça que eles estão divididos entre os dois sexos, pois uns receberam corpos femininos e outros masculinos. Se isso vier a acontecer e todos eles decidirem ter uma família será o fim da Agência

— Minha nossa você está com toda a razão, não havia pensado nisso!

— Pois é bom quer pense, porque as consequências não param por aí, todos os agentes das outras instituições espalhadas pelo mundo seguirão o mesmo exemplo, será uma catástrofe a missão que temos de lutar contra o mal!

— Sim, você está certa, foi mal

— Vamos continuar como estamos, vivendo nosso amor sem maiores compromissos

— Sim, já vi boatos de que alguns dos agentes já nos imitam, formaram-se alguns casais de namorados

— É verdade, porém eles seguem nosso exemplo e evitam filhos para não atrapalhar suas atividades

— Realmente você está sempre um passo além de mim, não me dei conta da besteira que seria nos casarmos

— Certamente seguiriam nosso exemplo

— Sem dúvida!

Depois daquela conversa Peter e eu continuamos juntamente com nossos agentes a pelejar contra o mal e nas horas vagas vivíamos nosso amor sem, no entanto, causar o caos na Agência, gerando filhos ou algo parecido. Permanecemos atuando no Brasil apesar de ser quase impossível colocarmos fim a uma corrupção moral, social e política já tão enraizada, mas nossa meta era não permitir que o mal se alastrasse de forma definitiva na vida da nossa gente. Ainda estaremos aqui, combatendo incessantemente o mal até nosso último suspiro, quando partirmos para a eternidade.

FIM